いっえええ〜いー!
W《ダブル》ピース!
コレが
本当のア・タ・
神宮寺月乃《じんぐうじつきの》
情癖持ちの次女。天真に
くと興奮が抑えられな
将来の夢はお嫁さんに
と
嫁さん
4
にしてくれますか?

「天真君の罵倒、気持ちいぃ……！
私の耳、天真君の声で犯されてるぅ……！」
神宮寺雪音《じんぐうじゆきね》
ドM持ちの長女。あらゆるダメージを快感へ塗り替える力を持つ。素敵なお嫁さんになりたい

「どうですか〜？ 花鈴の選んだ服は！
すごい魅力的じゃないですか？」
「これからは、もっと思い切って
天真を誘惑してみせるから」
18
神《じん》宮《ぐう》寺《じ》花《か》鈴《りん》
露出魔の末っ子。RPGで遊ぶときも、もちろん装備不要で挑む派。大切な人のお嫁さんになりたい

「俺はあくまで、
皆の仮の夫でしかない。
……ごめん」
一条天真《いちじょうてんま》
神宮寺三姉妹の仮夫として
一緒に暮らす天才高校生。
将来の夢は一条内閣を組閣
すること

ちょっぴりえっちでも
本当の

お嫁さんに
してくれますか？

目次よ!
なんか文句あるかしら

ちょっぴりえっちな三姉妹でも、お嫁さんにしてくれますか？4

浅岡 旭

ファンタジア文庫

2969

口絵・本文イラスト　アルデヒド

ちょっぴりえっちな三姉妹でも、お嫁さんにしてくれますか？ 4

choppiri H na Sanshimai demo Oyomesan ni shitekuremasuka?

プロローグ

「お、おい……。なんだよ……？　これ……」

パソコンの履歴《りれき》を見つめながら、俺は静かに呟《つぶや》いた。

そこに表示されていた文字は、『本当の夫婦になる方法』。三姉妹《しまい》の誰《だれ》かが何を思ってか、この言葉で検索《けんさく》をかけていた。

これって……どういうことなんだ……？　何のためにこれを調べたんだ……？

言葉通りに解釈《かいしゃく》すれば、誰かのことが結婚《けっこん》したいくらい好きで、一緒《いっしょ》になるにはどうすればいいかを知るために調べたのだろう。

でもそれなら……誰と夫婦になるつもりなんだよ……？

そこで気になるのは、『本当の』という言葉。仕事で三姉妹の『仮の夫』として同居をしている俺としては、どうしてもそのワードが引っかかる。

背筋を、冷《ひ》や汗《あせ》が伝っていく。

「ま、まさか……」

これって……そういうことなのか……？

三姉妹の誰かが、俺を好きだということか……？　それも、マジで結婚したいほど……。

だとしたら、それは一体誰なんだ？

花鈴《かりん》か、月乃《つきの》か、雪音《ゆきね》さん。この中に、俺のことを好きな女子がいる……！

「い、いやいや！　それはない！」

自分の思考を打ち消すために、わざと大きな声で言う。

三姉妹の誰かが俺を好きだと……？　いや、そんなことはあり得ない。三人とも実は変態とはいえ、学校を代表するような超絶《ちょうぜつ》美少女たちなんだぞ？　そんな彼女たちが、俺なんかを好きになるはずがない。

きっとこれは、誰かがおふざけで検索をしただけだろう。軽い思い付きでたまたま調べてみただけだ。

そうだ、そうに決まってる。きっと深い意味はない。こんな履歴を気にしちゃダメだ。

「いやいや……。全く、冗談《じょうだん》キツイぜ……」

ブラウザを閉じ、パソコンをシャットダウンする。そうすることでこの問題から逃《に》げるかのように。無理やり冗談だと結論付けて、思考を放棄《ほうき》するかのように。

「いやでも、実際嘘《うそ》だよな……。あの三人に惚《ほ》れられるとか……」

別に俺、イケメンとかじゃないし。ただ成績がいいだけの極貧《ごくひん》高校生ですし。

こんな俺を好きになるなんて、絶対にあり得ることじゃない。

いいや……あっちゃいけないんだ。

俺はあくまで、あの三人の『仮の夫』だ。将来的に名家に嫁《とつ》ぐ彼女たちと同居して、男に慣れさせることだけが役目だ。そのために俺は肇《はじめ》さんから雇《やと》われている。娘《むすめ》たちには手を出さないと固く約束した上で。

その肇さんとの契約《けいやく》を……信頼《しんらい》を裏切るわけにはいかない。ただでさえ三姉妹たちのエロ絡《がら》みに困らされてるし、これ以上問題を抱《かか》えたくはない。

万が一、三姉妹の誰かが俺に惚れて名家との結婚を拒否《きょひ》しだしたら、どう責任をとればいいのやら……。

それに、そんな事態になったら間違《まちが》いなく俺は解雇《かいこ》される。そして家の借金を返すことができず、一家は路頭に迷うだろう。立場的にも、可愛《かわい》い妹を守る為《ため》にも、三姉妹との恋《れん》愛《あい》関係は許されないんだ。

……ま、三姉妹にとっても俺なんか恋愛対象にはならないだろうが。

「でも……。本当に誰が検索したんだ……？」

それだけが少し気になったが、いくら考えても分かるはずがない。

俺はこれ以上このことは気にしないと決めて、足早にリビングから立ち去った。

第一章　三姉妹たちの秘密な関係

朝起きると、目の前にパンツがあった。

真っ赤な、レース仕様のパンツ。普通《ふつう》のパンツより布面積が明らかに小さい、V字型のセクシーなパンツだ。

「え……？」

異常な事態に、一瞬《いっしゅん》で眠気《ねむけ》が吹《ふ》き飛んだ。

「あっ、先輩《せんぱい》。やっと起きましたか？」

「か、花鈴《かりん》……⁉」

花鈴がベッドの上に乗り、俺の頭にまたがるようにして座っていた。

そして彼女はスカートの裾《すそ》をつまみ上げ、パンツを俺に晒《さら》している。

「えへへ～。おはようございます。天真《てんま》先輩」

「お前……っ！　どういうつもりだよ⁉　朝っぱらから何してんだ⁉」

「決まってるじゃないですか～。先輩のコト、起こしに来てあげたんですよ？」

花鈴が腰《こし》を振《ふ》り、パンツをさらに見せつけてくる。

「いい目覚めには、ほどよい刺激《しげき》が効きますからね。花鈴のえっちな姿を見て、ばっちり目を覚ましてください♪」

そう言うと花鈴は、パンツを俺のすぐ目の前に近づけてきた。

そのV字型のパンツは、女性の大事な部分を隠《かく》すにはあまりに頼《たよ》りないように思える。

ほんの少しでも布をずらせば、彼女の秘部が露《あら》わになってしまいそうなほどだ。

その上、あまりにパンツを近づけるせいで、レース生地の向こう側が透《す》けて見えそうになっていた。

「やんっ……！　天真先輩にえっちな目で見られちゃってます……！　おパンツ、ガン見されちゃってますぅ……！」

「いや、やめろ馬鹿《ばか》！　興奮すんな！　とりあえず俺のベッドから降りろ！」

「ダメですよ～。ちゃんと先輩が起き上がるまで、花鈴はパンツを晒し続けますよ？」

「この状態だと起きられないんだよ！　お前が俺にまたがってるから！」

「あっ、それもそうですね……。じゃあもう少し二人でイチャつきましょうか！」

「なんでだよ!?　お前がどけばいいだけだろ！」

「だって、せっかく密着してるんですもん。どうせなら、もっとドキドキすることしたくないです？」

花鈴がスカートの中に片手を入れる。そしてパンツに手をかけて、ゆっくりそれを下げ始める――

「はぁはぁ……先輩……！　見てくださいね？　変態な花鈴をもっと見てっ……！」

「おい、待て！　マジで止《や》めてくれ！」

俺は慌《あわ》てて無理やり起き上がる。

すると花鈴はベッドの上に倒《たお》れ込み、パンツ丸出しで転がった。

「あうっ。先輩、強引《ごういん》ですね……♪　花鈴のこと襲《おそ》いたくなりました～？」

「誰がなるか！　あと、早く立て！　またパンツ丸見えになってるから！」

本当にこいつは、朝から苦労させてくれる……。思わず深いため息が漏《も》れた。

と、その時――

半開きになった部屋の扉《とびら》の向こうから、誰かの視線を感じた気がした。

「――っ！」

反射的に振り返る。しかし、そこには誰もいなかった。

……き、気のせいか……？　気のせいだよな……。

今の花鈴のエロ絡み、誰にも見られてないよな……？　まさかな……。

「えへへ。おはようございます、天真先輩っ！」

一方花鈴は何も感じなかったようで、立ち上がってスカートを直すと、輝《かがや》くような笑顔を浮《う》かべた。

「起きたらまずはどうします？　ご飯にします？　お風呂《ふろ》にします？　それとも花鈴にしちゃいます？」

「なんだよ、花鈴にしちゃうって……。意味分からんよ。どうする気だよ」

「あ、気になります？　それじゃあ実演しますね？　はい♪」

花鈴が今度は服をたくし上げ、自身の胸を見せつけてくる。

「結局それかよ！　しかもお前ノーブラじゃねえか！」

すぐに目を閉じて花鈴の姿を視界から消す。

「あはっ☆　そんなに花鈴の裸《はだか》が見たいなんて、とんだ変態さんですね♪」

「お前が勝手に見せてんだろうが！　ってか、何度露出《ろしゅつ》すれば気が済むんだよ！」

怒鳴《どな》りながら花鈴の服を引っ張って戻《もど》す。

もういやだ……。この子、脳みそ桜でんぶで出来てるのか……？

それにコイツ、なんかやたらとテンション高いし。いつもは朝が苦手で、誰かが起こすまで起きてこないほどだらけてるのに。

「花鈴、お前……。なんで今日そんなに元気なんだよ……？」

「そんなの決まってるじゃないですか！　だって、今日から夏休みですよ！」

ああ、そう言えばそうだった。花鈴の言う通り、青林《せいりん》高校は今日から夏休みに入る。だから俺も、今日は遅《おそ》くまで寝《ね》ていたのだ。

「これで今日から一日中、先輩と一緒《いっしょ》にいられますね！　花鈴、嬉《うれ》しくてわほわほしちゃいます！」

なにその日本語。俺今初めて聞いたんだけど。

「この夏は天真先輩とたくさんお出かけするんです！　プールに海に夏祭り……！　想像しただけでムラムラしますね……！」

いや、効果音おかしいだろ。お前は海で何をするつもりなんだよ。『ここはヌーディストビーチです！』とか言って突然《とつぜん》裸になり始めたら、さすがに警察呼ぶからな？

「ってか、俺はそんな予定初耳なんだが……」

「え～？　いいじゃないですか～。花鈴とデートしましょうよ～」

「デートって……。せめて普通にお出かけと言えよ……」

確かに俺は仕事で彼女たちの夫をしているが、本当の恋人《こいびと》ってわけじゃない。度を超《こ》してイチャつくのは良くないだろう。

「まあまあ、細かいことはいいじゃないですか。花鈴、先輩のこと大好きですし？」

からかうような笑《え》みを向けながら、冗談《じょうだん》っぽく言う花鈴。

「お前っ……！　そんな簡単に好きとか言うなよ……」

「あっ、先輩照れちゃいました～？　赤くなってますよ？　可愛いです♪」

さらに彼女は俺に寄りかかり、ギュッと腕《うで》を組んできた。

「これも花嫁修業《はなよめしゅぎょう》の一環《いっかん》ですよ～。ほらほら、先輩も好きって言ってください～」

「い、言えるわけないだろそんなこと！」

「あははっ！　またまた照れてます～♪」

花鈴め……。なんか知らんが、スゲー勢いで甘えてくるな……。俺の肩《かた》に頭を乗せて、執拗《しつよう》なまでにくっついてくるし……。

いや、しかし……。この花鈴の感じは今に始まったことじゃない。

思い起こせば文化祭の日……。俺があの検索履歴《けんさくりれき》に気づいた日から、花鈴が前より甘えてくるようになった気がする。

俺の気のせいや、あの履歴《りれき》を見たため意識しすぎているだけかもしれない。しかし花鈴が本当に異性として俺を好きなのではないかと錯覚《さっかく》してしまう程度には、甘え方が強くなっていた。くっついてくるのは当たり前になり、何度も俺に好きと言ったり、逆に言わせようとしたり……。

もしかして、あの履歴は花鈴が検索《けんさく》したものじゃないかと……。花鈴が本当に俺に惚《ほ》れているのではないかと、そんな風に思ってしまう。

「先輩先輩っ。早く朝ご飯食べに行きましょうよ～。よかったら、着替《きが》えるの見ててあげましょうか？　下着姿を見られるの、とても興奮しますからね！」

「そりゃお前だけだよ！　頼《たの》むからそろそろ部屋に帰れ！」

いや、変なコトを考えるな、俺。あの履歴のことは気にしないと、前に自分で決めたじゃないか。

俺は疑惑《ぎわく》を頭の中から無理やり追い出す。

そしてくっつく花鈴を引き離《はな》し、彼女を自分の部屋へ帰した。

※

花鈴を部屋に帰し、着替えた後。俺は朝食をとるために一階へと下りてきた。

すると、リビングのソファーに座る月乃《つきの》が目に入る。彼女は机に教科書やノートを広げており、テレビを聞き流しながら勉強をしているようだった。

「よう、月乃。おはよう」

俺が声をかけると、月乃がビクッとこちらを振り向く。

「て、天真……。おはよ……」

愛想《あいそ》が悪いわけではないが、どこか素《そ》っ気《け》ない月乃の返事。そして彼女は焦《あせ》ったように、ノートにペンを走らせていく。

そうだ……。様子がおかしいのは花鈴だけじゃない。月乃もだ。

前みたいに俺を露骨《ろこつ》に避《さ》けるようなことはなくなったが、なんだか俺に対して少し挙動不審《ふしん》なような気がする……。強い口調で俺を罵倒《ばとう》することも減ったし……。俺が近づくと何となく、頰《ほお》を赤くしてる気もするし……。

その態度はまるで、好きな人の前で緊張《きんちょう》している乙女《おとめ》のよう――

……って、俺の馬鹿！　またそんな恋愛《れんあい》脳みたいなことを……！　どんだけ履歴のコト意識してんだよ……。

そうだ。これは俺が自意識過剰《かじょう》になっているだけだ。三姉妹《しまい》の中でも一番俺を毛嫌《けぎら》いしていた月乃が、そんな感情を持つわけがない。

試しに、俺からもう少し話しかけてみよう。月乃が俺を特段意識してるわけじゃないなら、普通に会話ができるハズだ。

「なあ、月乃。勉強か？　今何の教科やってんだよ？」

「えっ？」

話しかけると、また月乃が手を止めて振《ふ》り向く。

「え、えっと……。数学だけど……？」

「おー、数学か。でも月乃って確か文系だよな？　結構苦労してるんじゃないか？」

「まあね……。割とムズくて大変かも……」

よしよし。一応普通《ふつう》に会話はできてる。じゃあ、もうちょい距離《きより》を縮めてみよう。

「もしよければ、俺が勉強教えてやろうか！　一人でやるより捗《はかど》るぞ！」

「えっ……!?　いや、いいって！　別にアタシだけでできるから！」

「遠慮《えんりよ》すんなよ。これでも俺、かなり成績良いんだぜ？　ちゃんと頼りになるからさ」

「あっ、ダメ！　こっちに近づいちゃ――」

歩み寄り、月乃の隣《となり》に腰かける俺。すると――

「っ……！」

瞬間的《しゆんかん》に、月乃の顔が真っ赤に染まった。

そして彼女の呼吸が荒《あら》くなる。

「んっ……あぁっ……。はーっ……、はーっ……！」

「え……？」

月乃の変化に俺は固まる。

さらに彼女は、いきなりポロシャツのボタンを外した。形の良い胸に押し上げられたピンクのブラがチラリと見える。

え……？　これってもしかして……発情？

「もうだめぇ……！　えっちな気分になっちゃったぁ……」

「ぬああああああ⁉」

いや、ちょっと待て！　コレおかしいだろ⁉　なんでいきなり発情してんだ⁉

俺、まだアイツに触《ふ》れてもいないぞ⁉　ちょっと近づいただけなんだけど！

これまでの月乃も、さすがに少し近づいたくらいで発情したりはしなかった。こんな事態は異常すぎる！

「ふーっ……ふーっ……！　体が熱いよぉ……！」

月乃が切なげな吐息《といき》を漏らし、俺へとにじり寄ってくる。

「んんっ……あぁっ……！　天真が、欲しい……！」

「お、おい月乃——っ⁉」

俺の首筋に手を回し、抱《だ》き着く形で胸板に顔をうずめる月乃。そうして、深く息を吸う。

「すーっ……はーっ……！　天真の匂《にお》い、すごく良い……！　頭、クラクラしてきちゃう……」

見ると、彼女の顔は真っ赤に染まり、恍惚《こうこつ》と燃え上がっていた。表情は淫《みだ》らに蕩《とろ》けきり、すっかり発情しきっている。

「ねぇ天真ぁ……。アタシにちょうだい……？　天真の全部、味わわせて？」

「──っ！」

目を瞑《つぶ》り、真っ赤で艶《つや》のある唇《くちびる》を俺の顔へ近づける月乃。

お、おい……。何をするつもりだ……？　まさか……！

このままじゃいけない！　そう思い、俺は咄嗟《とっさ》に飛び退《の》いた。そして急いでシャツを脱《ぬ》ぎ、それを月乃の顔にかぶせる。

「ひゃんっ！」

驚《おどろ》いた声を上げる彼女。しかし──

「あんっ……！　天真の匂い……ドキドキしちゃうぅ……！」

その直後には、甘く上擦《うわず》った声を出しながら、俺の服を抱きしめていた。

「はぁ……はぁ……。危なかった……」

月乃がシャツに夢中になっている隙《すき》に、俺は彼女から距離をとる。そして、ひとまず安《あん》堵した。

しかし月乃のヤツ……。今間違《まちが》いなく俺にキスしようとしやがった……。

今まで何度も月乃に発情されてきたが、あんな行動は初めてだ。性欲《せいよく》をぶつけるだけじゃなく、愛情を求めるような行為《こうい》は……。

「まさか……やっぱりあの履歴……」

い、いや……。そんなはずがない……。月乃が本気であの言葉を検索するなんて……。

そう。これは偶然《ぐうぜん》だ。月乃がすぐに発情したのも、キスをしようとしてきたのも、全部偶然に決まってる。たまたま偶然が重なっただけだ。意識するだけ無意味なことだ。

「それよりも、月乃を何とかしないとな……」

いつまでもこのままリビングにいたら、他の二人に見られてしまう。

俺は愛《いと》おしそうにシャツの匂いを嗅《か》ぎ続ける月乃を、彼女の部屋へ連れて行った。

「……あれ？」

その途中《とちゅう》、また誰《だれ》かの視線を感じながら。

※

堵《ど》した。

苦労して月乃を正気に戻《もど》し、俺は朝食を作るために再び一階へ移動した。

すると、ちょうど雪音《ゆきね》さんがキッチンで料理を始めたところだった。

「あ、雪音さん。朝食の準備だったら俺が――」

と、彼女に話しかけようとした時。

雪音さんがイヤホンで何かを聞いていることに気が付く。

近づいてみると、漏《も》れ出た音声が聞こえてきた。

『「アンタ本当に変態だな！」「いい加減にドMどうにかしろよ！」「早く止《や》めてくれませんかね！」』

断続的に聞こえる音声。なんだか聞き覚えのある音声。

……というかコレ、俺の声じゃね？

俺が雪音さんのエロ行為を止めようとしてる時の声じゃね？

『「ご奉仕《ほうし》とか、マジで余計なお世話だから！」「どんだけ淫乱《いんらん》なんだよお前は――！」』

「はぁはぁ……。天真君の罵倒、気持ちいぃ……！　私の耳、天真君の声で犯されてるぅ……！」

それを聞き、雪音さんが頬を真っ赤に染めている。内股《うちまた》になり、もじもじと体を動かしている。

俺の罵倒で、明らかに興奮なさっていた。

「あぁ……！　天真君……！　もっと私を蹂躙《じゅうりん》してっ！　変態でドスケベで淫乱な私を、もっともっと罵《ののし》ってぇ！」

「いやいやいやいや！　何を聞いてんだアンタは――――！」

これ以上見ていられなくなり、俺は雪音さんの耳からイヤホンを外した。

雪音さんが、驚いた様子で俺を振り向く。

「はっ、天真君！　いつの間に!?」

「それはこっちのセリフですよ！　今の音声、いつの間に録音してたんですか!?　とらせた覚えないんですけど！」

強い口調で問いかける俺。

すると、雪音さんが俺から顔を逸《そ》らしながら答える。

「い、いやその……。天真君の罵倒っぽい音声をとれば、いつでも興奮できると思って……。会話の中でこっそりと……」

マジかよ、全然気づかなかったわ……。なんてことをしてんだよこの人……。

「えっと……。勝手にこんなことしてゴメンね？　お詫《わ》びに、お仕置きしてくださいっ！」

雪音さんが後ろを向き、大きなお尻《しり》を俺に向けて突《つ》き出してきた。

張《は》り詰《つ》めたような、ムチムチなお尻。穿《は》いているスカートが短いせいか、黒いレースのパンツが見えてしまっている。そして誘惑《ゆうわく》するように、可愛《かわい》らしくお尻を振ってくる。

「罰《ばつ》として私のお尻を叩《たた》いてください！　恥《は》ずかしいデカ尻、たくさん叩いて！」

「いや、しませんから。そもそも罰にならないし。雪音さん、叩いても興奮しますし」

「えっ……!? どうして分かったの!?」

あなたが生粋《きっすい》のドMだと思い知らされてるからじゃないかな……。なんかもう、呆《あき》れて声も出ないわ……。

そう思い、ため息をついた時……不意にガタッと何かが動く音がした。

「え……？」

誰かいるのかと、ダイニングへと顔を向ける。しかし人の影《かげ》すら見えなかった。

いや、なんだコレ……？ なんだか今日は、やたらと変な気配を感じるんだが……。

「天真君……？ どうかしたの？」

「あ、いや……。なんでもありません」

雪音さんが俺にお尻を向けたまま尋《たず》ねる。アンタは早く体勢を戻せよ。

「ってか、それよりも！　罰を受ける気があるのなら、その音声を消してください！　さすがに見過ごせませんから！」

「そ、そんなぁ……。せっかくたくさん集めたのに……」

よほど名残惜《なごりお》しいのか、レコーダーを見つめてしゅんとなる彼女。

だが、すぐにその目を輝《かがや》かせた。

「あっ！　それじゃあ、こういうのはどうかな？　私も天真君に色々サービスしてあげるから、代わりに音声は見逃《みのが》して？」

「いや、サービスって何をする気うわぁ⁉」

雪音さんがいきなり俺を抱き寄せて、その胸をムギュッと押し付けてきた。

「よしよーし。天真君はいい子だね～。私のおっぱい、たくさん触《さわ》っていいんだよ～？」

とても大きく、沈《しず》み込みそうに柔《やわ》らかい膨《ふく》らみ。その感触《かんしょく》を楽しませながら、後頭部を優《やさ》しく撫《な》でてくる彼女。息をのむほどの心地《ここち》よさに、思わず流されそうになる。

しかし、俺は慌《あわ》てて飛び退いた。

「ちょっ、マジでやめてくださいよ！　いい加減怒《おこ》りますからね⁉」

「えへへ～。遠慮しなくてもいいのに。いくらでも甘えていいからね？」

全《すべ》てを受け入れるような慈愛《じあい》に満ちた表情をする雪音さん。

「でもその代わりに、この音声はもらっちゃうね？　まだまだ使い足りないから♪」

「いや、使うってどうするつもりだ⁉　俺の声をナニに使う気だ⁉」

「さあ、何だろうね～？　とってもエッチなことかもよ？」

からかうような、余裕《よゆう》に満ちた笑みを向ける彼女。

雪音さんめ……。またいつもみたく、煙《けむ》に巻いて誤魔化《ごまか》そうとしてやがる。

まあでも……雪音さんは他の二人と違って、かなり平常運転だよな……。いつも通りなのが変態すぎるのは問題だけど、変に相手を意識しない分、やっぱり気分が楽だった。

「とにかく、バカなことしてないで雪音さんは座っててください。メシなら俺が作りますから」

俺は当初の目的を果たそうと、雪音さんをリビングへ追いやろうとする。

「えっ？　でも、ご飯は私の仕事だよ……？」

「夏休みくらいはゆっくりしててくださいよ。たまには俺が準備します」

雪音さんはいつも誰よりも早く起き出して、朝食や洗濯《せんたく》をこなしている。たまには俺が手伝わないと、罰《ばち》が当たるというものだ。

「で、でも……。天真君が大変じゃ……」

「いいんですって。だって、前に言ったでしょ？　これからも必ずあなたを支えますって」

文化祭の日、俺は頑張《がんば》りすぎて倒《たお》れた彼女に約束したのだ。雪音さんにこれ以上、負担を強《し》いないようにするため。そして、これまでの苦労が原因で目覚めてしまったドM性癖《せいへき》を、少しでも改善させるために。

「だから、ちゃんと俺に甘えてくださいね？　せっかく側《そば》にいるんですから」

雪音さんに遠慮《えんりょ》させないよう、できる限りの笑顔を向ける。

すると――

「あぅ……っ！」

雪音さんがいきなり頬《ほお》を赤く染めた。

さっきまでの余裕そうな表情は消え、急にしおらしい様子になった。

「あ、あれ……？　どうしたんですか？　雪音さん……」

「い、いやその……！　なんでも、ないよ……？」

照れたようにはにかむ雪音さん。そんな彼女は無意識的にか、首にかけているネックレスを握《にぎ》る。それは、俺が文化祭の日にプレゼントした、手作りの猫《ねこ》のネックレスだった。

※

雪音さんの代わりに朝食を作り、俺たちは皆《みんな》で食卓《しょくたく》を囲んだ。

そしてその後。俺は一人だけダイニングに残り、考え事に耽《ふけ》っていた。

「やっぱり、皆の様子がおかしい……」

やはり花鈴も月乃も、そして雪音さんも、俺に対しての態度が変わった。文化祭が終わった日から——あの検索履歴《けんさくりれき》に気づいた日から。

花鈴はやたらと俺にくっついてくるようになったし、月乃は俺が少し近づいただけで発情しそうになることが増えた。雪音さんは時々俺に対して顔を真っ赤にして照れるし、オマケに俺があげたネックレスを、肌身《はだみ》離《はな》さず着けている。

さっきの朝食でも、三人のそんな様子はとても顕著《けんちょ》に表れていた。俺にご飯を食べさせてもらおうと甘える花鈴に、俺を見ただけでわずかながらも呼吸を荒《あら》くする月乃。そして普段《ふだん》は余裕そうな態度のくせに、ちょっと箸《はし》が触《ふ》れたりしただけで異常なほど照れる雪音さん。

これではまるで、あの三人が俺に好意を持っているようで——

「い、いや……！　そんなわけがないだろう！」

俺は激しく頭《かぶり》を振《ふ》る。

さっきから何度もそんな考えは否定しているのに、やっぱりあの履歴のせいで変な想像が浮《う》かんでしまう。

「はぁ……。こんなことじゃダメなのにな……」

俺の立場は、あくまで仮の夫なんだ。必要以上に好意を持たれるのも良くないし、当然俺が三姉妹《しまい》たちを本当に好きになるのもダメだ。

彼女たちを意識して悩《なや》む暇《ひま》があるなら、自分の仕事を果たさないといけない。三人が立派な嫁《よめ》として名家に嫁《とつ》ぐことができるよう、サポートしてあげないといけない。

無事に借金を返済し、葵《あおい》に楽をさせてやるためにも……。

「そうだ……。惑《まど》わされてる暇はないな」

もし彼女たちの誰《だれ》かが俺に好意を寄せていたとしても、俺は自分の仕事を果たすだけだ。

そしてそのためには、三人の性癖を改善することが必要不可欠。余計なことを考えている暇があるなら、そのためのプランでも練るべきだ。

そうだ、そうしよう。あの履歴のことは気にせずに、三人の性癖を今後どうするか、改めて考えてみるとしよう。

そう決意し、俺は自室へ向かおうとする。

その時、机に置いていたスマホが震《ふる》えた。画面を見ると、『神宮寺《じんぐうじ》肇《はじめ》』の文字がある。

「なっ……⁉」

いきなりの電話に、一瞬《いっしゅん》心臓が止まりそうになった。

俺は慌ててスマホをとり、通話ボタンをプッシュする。

「も、もしもし！　一条《いちじょう》です！」

「やあ、天真君。久しぶりだね。私のこと、忘れていないよね？」

この荘厳《そうごん》な声、間違《まちが》いない。三姉妹の父にして、俺の雇《やと》い主の肇さんだ。

「も、もちろんです……。忘れるわけないじゃないですか……」

「はは。それはよかった。最近ずっと家に帰れていなかったからね。娘《むすめ》たちにも忘れられてないか心配だよ」

朗《ほが》らかな口調でそんな冗談《じょうだん》を言う肇さん。

しかし久しぶりの雇い主の電話に、こっちは手の震えが止まらない。

「そ、それで……。今日は一体どうしたんですか……？」

「ああ、そうそう。いや、一つ君に頼《たの》みたいことがあるんだよ」

そう言い、一度言葉を切る肇さん。そして、静かに言い放つ。

「今から少し家に帰るから、娘たちを集めておいてくれ」

※

「あっ、お父さん。お帰りなさい」

「パパ、お帰り。朝に帰るの珍《めずら》しいじゃん」

「お父さん、久しぶりですね！」

「はっはっは。ただいま、可愛い娘たちよ。少し見ない内に立派になったね」

肇さんの帰宅後、俺と三姉妹たちはリビングに集められていた。

俺と三姉妹たちが横並びになり、肇さんと向かい合う形で椅子《いす》に座る。

しかし……やはり雇い主にこうして会うと緊張《きんちょう》するな……。ただでさえ俺は、この人には言えない三姉妹の秘密を抱《かか》えている。緊張感もひとしおだ。

「でも、今日はどうしたの？　わざわざ私たちを集めたりして」

雪音さんが尋ねると、彼は鷹揚《おうよう》に頷《うなず》いた。

「うむ。実はお前たちに良い話があってね。直接伝えたくて仕事を中断してきたんだよ」

肇さんはそう言うと、三姉妹の顔を順番に見回す。

「雪音、月乃、そして花鈴。お前たちの縁談《えんだん》がまとまったぞ」

『え……？』

あまりにもサラッと告げられた衝撃《しょうげき》的な発言に、三姉妹全員が固まった。

「相手は笹野《ささの》家の長男に、氷室《ひむろ》家の長男、そして西園寺《さいおんじ》家の次男となっている。もちろん、どこもかなりの名家だぞ。これ以上ないほどいい話だ」

『………………』

淡々《たんたん》と語る肇さんに、三姉妹はみんな言葉を失う。

「どこも先方からの希望でね。前から両家で話を進めていたんだが、ようやく形になりそうなんだ。ああ、そうそう。彼らの写真だが——」

「ちょっ……ちょっと待ってよ、パパ！」

三人の中、最初に声を上げたのは月乃だった。机を叩《たた》きながら立ち上がる。

「そんなこと、突然《とつぜん》言われても困るわよ！　受け入れられるわけないでしょう⁉」

「そ、そうですよ！　もっと事前に言ってくれないと！」

「わ、私も……。あんまり急だと、ちょっとびっくりしちゃうかな……」

月乃に続いて、花鈴と雪音さんも抗議《こうぎ》する。だが——

「急な話？　そんなことはないぞ。神宮寺家の娘である以上、いずれは名家に嫁ぐことになる。お前たちも分かっていたはずだ。そのためにわざわざ天真君を雇って、同居してもらっているんだからね」

「だ、だとしても……アタシたちはまだ学生よ⁉　まだそんな、縁談なんて……」

「問題ない。女の子は十六歳から結婚《けっこん》が可能なんだから。花鈴はまだ十五歳だが、少し早めに相手が決まっていても困ることはないだろう」

いくら三姉妹たちが口答えをしても、肇さんは表情一つ変えることなく淡々とそれを切り捨てる。

「確かに、いざこんな話を振られて戸惑《とまど》ってしまう気持ちは分かる。でもこれも神宮寺家のため――ひいては君たちのためなんだ。みんなが幸せになれるよう、私もしっかり縁談相手のことは調べた。それで問題ないと判断したから、こうして話を持ってきたんだ。それとも、月乃たちは私を信用できないのかい?」

「そ、それは……。違うけど……」

「それじゃあ、受け入れてくれると助かるな。大丈夫《だいじょうぶ》。父として、必ずいい結果になると保証するよ」

『………』

また、三姉妹たちが黙《だま》ってしまう。肇さんの強引《ごういん》な優《やさ》しさに、何も言えなくなってしまう。突然こんな話を振られて、まだ衝撃を受けているせいもあるだろう。

正直、俺も驚《おどろ》いた。三姉妹たちがいずれ名家に嫁ぐのは分かり切っていたことだけど、こんなに突然そうなるとは……。

いや……これはかなりマズい事態になった気がする……。

なぜならこの三姉妹たちは、ドMに露出狂《ろしゅつきょう》、そして発情癖《へき》といった生きた変態フルコースだからだ。そんな変態三姉妹たちが不用意に縁談相手と会おうものなら、どんなトラブルが勃発《ぼっぱつ》するか分からない。

月乃が縁談相手に発情したり、花鈴がノーパンで会場に来たり、雪音さんが趣味《しゅみ》を聞かれて『亀甲縛《きっこうしば》り♪』と答えたりする未来が容易に想像できるぞ！

くそっ……！　三姉妹が嫁ぐまでに少しずつ性癖を矯正《きょうせい》していく予定だったが、こんなに早く縁談の話が来るなんて！　あーもう！　どうすりゃいいんだよ⁉

でも……やっぱりこれは、めでたい話なんだよな……。

月乃たちは突然こんなことを言われて戸惑っているかもしれないが、三人の将来を考えるなら、ここは祝福してあげるべきだ。肇さんのことだから、縁談相手もかなり慎重《しんちょう》に選んでいるに違いない。そんな彼が認めた相手と一緒《いっしょ》になれれば、彼女たちの将来は約束されたも同然だろう。

それに……改めて俺が自分の立場を自覚するには、これはちょうどいい機会だった。

間違っても俺は、三姉妹に惚《ほ》れられたり惚れたりしていい人間ではない。俺はあくまで、彼女たちを立派に嫁がせるための道具なんだ。

「ちなみに、挨拶《あいさつ》の日取りは今のところ三週間後になる予定だ。そこで、天真君にも一つ頼みたい仕事があるんだよ」

「えっ……？　俺に……？」

いきなり自分の名前を出されて、驚く。

「なに。これまでの仕事とそう変わらない内容だが……。三人の縁談が行われる日までに、娘たちに教え込んでおいてほしいんだ。男性に好かれる立ち居振る舞《ま》いをね」

男性に好かれる立ち居振る舞い……。

「今までの天真君との生活で、娘たちも男にはかなり慣れたはずだ。そこで今度は、縁談相手に気に入られるためにどんな振る舞いをするべきか、若い男の立場から教えておいてもらいたい。そうだね……一緒に模擬《もぎ》デートみたいなことをして、その中で教えてくれればいい。実際に縁談相手と二人で出かけることになった時、娘たちが困らないように」

「は、はぁ……」

砕《くだ》いて言えば、『男性を落とすモテテク』を三姉妹に教えろということか。

これまでの主な仕事は、この三人と仮夫婦として同居して、男と一緒の生活に慣れさせるというものだった。

しかし今回はさらにその先……男に慣れさせるだけでなく、実際に男と接する際の振る舞い方を教えないといけない。三姉妹にとって、より具体的で実践《じっせん》的な話になる。

「それと、この縁談がまとまれば娘たちとの同居を止めてもらうことになるが、お金のことは気にしなくていい。話が正式に決まった場合、契約《けいやく》していた一年間で君に支払《しはら》うはずだったお金は、一括《いっかつ》で支払わせてもらう」

「ほ、本当ですか……⁉」

これはかなり魅力《みりょく》的な提案だ……！　肇さんからは月々百万ものお金を給料として受け取っている。その上仕事をやり遂《と》げた暁《あかつき》には、我が家の抱える借金を返済してもらう約束だった。

一度にそれだけのお金が入れば、我が家は一気に貧乏《びんぼう》生活から脱出《だっしゅつ》できる。現在フルタイムで働いている母親の負担も減らせるし、俺も家のことを気にせずに勉強に集中することができる。

そして何より、葵を喜ばせてあげられるだろう。

「だから心おきなく今回の仕事に励《はげ》んでほしい。どうかね？　やってくれるかな？」

俺に尋《たず》ねる肇さん。

それと同時に、三姉妹たちも一斉《いっせい》に俺の方を見た。迷い、どこか救いを求めるような眼《まな》差《ざ》しで。やはり彼女たちは突然の話に戸惑っているようである。

でも、これはかなりいい話のはずだ。俺にとってだけじゃない。三姉妹《しまい》たち全員にとって、人生をより良いものにする転機。

いくら性癖のことが不安とはいえ、それで蹴《け》っていい話ではない。

それに、俺はただの一労働者。雇い主の意向には背《そむ》けない。

だから——

「分かりました。任せて下さい」

俺は深く頷いた。

※

冗談じゃないわよ……こんなこと……！

頷く天真とパパを見ながら、アタシは両手を固く握《にぎ》りしめた。

パパって、頭おかしいんじゃないの⁉　いきなり帰ってきたと思ったら、勝手に縁談なんか持ってきて……！　両家で話を進めてたって言うけど、そんなの全然聞いてないんですけど！　まずはアタシたち本人の意思を聞くのが筋じゃないの⁉

天真も天真よ……！　あんなにあっさり承諾《しょうだく》しちゃって……！　アタシが他の変な男と

結婚してもいいっていうの……？

まあでも……アイツにとっては仕事だから、逆らえないのはしょうがないけど……。

「……でも、嫌《いや》だ……」

両隣《りょうどなり》に座る花鈴と雪姉にも聞こえないような小さな声で、アタシは本音を呟《つぶや》いた。

縁談なんて、絶対に嫌だ。どこの誰《だれ》かも分からない男と会って、その上結婚させられるなんて……！　アタシには絶対耐《た》えられない。いくら家を守るために必要でも、そんな結婚はしたくない。

だってこのままじゃ……永遠に天真と付き合えなくなっちゃう。それどころか、この同居生活も終わっちゃう。

どうせ結婚しなくちゃいけないなら、アタシは自分の好きな人と……天真と以外は嫌なのに！

もし本当に天真を好きなら、今すぐ行動を起こさないとマズイ……！　でも、アタシから天真に何かできるの……？　告白なんて、正直する勇気がないし……。

しかも天真には、花鈴が好意を寄せている。アタシは花鈴を応援《おうえん》するって、あの子と約束してるんだ。それなのに天真に想《おも》いを告げたりしたら、それは裏切りになってしまう。

その上雪姉も、花鈴と同じ気持ちかもしれない。さっきも偶然《ぐうぜん》見ちゃったけど、雪姉、天真とキッチンですごくイチャイチャしてたみたいだもん……。それに──天真にお尻《しり》を向けて悪戯《いたずら》してるようにも見えたし……。驚いてすぐ逃《に》げちゃったから、それは気のせいかもしれないけど……。

なんだか花鈴も最近はますます天真にくっついてるし──もしかしたらアタシが知らない間に、二人の内のどちらかが天真と付き合い始めたのかも……。

そう考えると、すごく怖《こわ》い……。アタシは花鈴を応援するって──天真のことなんか好きじゃないって、最初に決めたはずなのに……。

今じゃ天真のことを、好きで堪《たま》らなくなっている。天真たちの関係がどうなっているのか、確かめることすら怖くなるほど。

でもその反面、やっぱり気になる。好きな人と姉妹たちが、どこまで進んでしまっているのか……。

※

パパが縁談《えんだん》のことを詳《くわ》しく話している最中、アタシはそんなことばかり考えていた。

縁談か……。私は心の中でため息をつく。

いつかはこの時が来ると分かっていた。でもまさか、私たちが学生の内に話が進むとは思わなかったな……。

私は神宮寺家の長女として、この家のために尽《つ》くす責任がある。そして今回の縁談は、家にとってとても重要な出来事だ。だから私も、しっかり役目を果たすつもりだ。

だけど、一つだけ心残りがある。それは当然、天真君のこと。

私は、天真君のことを好きになってしまった。そしてその気持ちは、日に日に大きくなっている。想いを自分の中だけに秘めておこうとしているのに、どうしても溢《あふ》れ出てきちゃうほど。今まで通りの態度をとろうとしてるのに、天真君にちょっと優しくされただけで、すぐに自分でも分かるほど顔が赤くなってしまう。

それでも私は、彼のことを諦《あきら》めなければいけない。神宮寺家の長女として、ちゃんと役目を果たすために……。

……正直、ちょっと辛《つら》いなぁ……。

なんだか、目頭《めがしら》が少し熱くなる。でも、いけない。泣いちゃダメだ。私は長女なんだから。

くよくよせずに、率先して家のために身を捧げないと。

その代わり、せめて縁談がまとまるまでは、天真君との生活を存分に楽しませてもらおう。訓練のために天真君とデートすることにもなりそうだし、彼との生活が終わるまでに、たくさん思い出作りをしたい。

でも……。

私が天真君と一緒にいたら、花鈴ちゃんや月乃ちゃんに迷惑《めいわく》をかけたりしないかな？

あの二人、最近天真君とよく一緒にいる気がするから……。

今日だって、花鈴ちゃんと天真君がベッドでイチャイチャするのを見てしまった。半開きになった扉《とびら》からチラッと見えただけだけど、なんだかすごく仲良さげで、まるで恋人《こいびと》同士のようだった。しかも、花鈴ちゃんが天真君に下着を見せてるようにも見えたし……。

それに二人とも、天真君といるときは明らかに表情が違《ちが》うんだもん。すごく笑顔で、元気で、なんていうか……女の子の顔をしてるような気がする。私たちが天真君と出会った当初より、二人ともすごく活《い》き活きしてる。

もしかしたら……二人とも本当に、天真君のことが好きなのかも……。むしろ、もう付き合っているのかもしれない。

そう考えると、なんだか胸がキュッと痛んだ。

※

縁談なんて……絶対に認められません……！

直接口には出さないながらも、私は最初からお父さんの話を全《すべ》て断るつもりでいた。

だって、私は天真先輩《せんぱい》が好きだから。先輩以外の男の人と結婚《けっこん》するなんてありえない。たとえ先輩がお父さんの頼《たの》み通り仕事をこなすつもりでも、私は絶対に従わない。

こうなったら……縁談がまとまるより先に、私が先輩を落とすしかない。

そのチャンスはまだきっとある。縁談の日までには時間があるし、さっきの話の流れ的に、先輩と一緒《いっしょ》に模擬デートをすることにもなる。そこで先輩を魅了《みりょう》して、縁談が始まる前に付き合い始めてしまえばいい。

そうすれば、お父さんも文句は言えないはずだ。いいや、私が言わせない。いくら家のためとは言っても、相思相愛のカップルを引き裂《さ》くなんて許されないもん。

天真先輩とずっと一緒にいるために、私が先輩を落とすんだ。この手で恋《こい》を実らせるんだ。

もう今までみたいにゆっくりなんてしてられない。早くしないと先輩と恋人になれなくなってしまう。

でも……そうなると、すごく気がかりなことが出てくる。

それは——天真先輩と、お姉ちゃんたちとの関係性だ。

お姉ちゃんたちはきっと、天真先輩が好きなんだ。見てる限り、それは間違いない。

それに最近、天真先輩とお姉ちゃんたちが仲良くし過ぎているような気がする。お姉ちゃんのどちらかと先輩が、時々家の中で隠《かく》れるように二人きりでいるのを見るし……。

ついさっきだって、私はチラッと盗《ぬす》み見てしまった。天真先輩と月乃お姉ちゃんが、リビングで体をくっつけていたのを。あの時はすぐ二人がリビングから出て行ったせいでちゃんと確認《かくにん》できなかったけど、やっぱりどう考えても怪《あや》しい。

その上、月乃お姉ちゃん……勘違《かんちが》いかもしれないけど、真っ赤な顔で先輩のシャツの匂《にお》いを嗅《か》いでたような……。

ひょっとして、先輩はもうお姉ちゃんのどっちかと付き合ってるかも……。花鈴に内緒《ないしょ》で、こっそりイチャイチャしてるかもしれない。

これは……ちょっと探《さぐ》ってみないといけない。もしお姉ちゃんたちが隠れて付き合っているのなら、それは絶対に見過ごせない。花鈴が自分の目で確かめないと！

※

肇さんとの打ち合わせの後、俺は自室の机にうなだれた。

「さて……。俺はどうするべきなんだ……？」

悩《なや》んでいるのは当然、先ほど受けた肇さんの依頼《いらい》についてだ。

「あの三人と模擬《もぎ》デート……。それ、本当にできるのかよ……？」

彼女たちは、全員厄介《やっかい》な秘密の持ち主だ。ドMに、露出狂《ろしゅつきょう》に、発情癖《へき》。そんな彼女たちとデートなんてしようものなら、その途中《とちゅう》にいくつものエロプレイを仕《し》掛《か》けてくるのは明白だ。あいつら、俺と一緒にいるとすぐ発情したり服を脱《ぬ》いだりご奉仕《ほうし》してきたりするからな……。

そして、それを街中でやられたら——最悪の場合俺たちは捕《つか》まる。

彼女たちが外で変態行為《こうい》に及《およ》ぶ危険性がある以上、模擬デートをするのが怖かった。

とはいえ、その性癖を一朝一夕《いっちょういっせき》で取り去るのは不可能。これまでのことから、それはハッキリ分かっている。

せめて模擬デートの間だけでも性癖を封《ふう》じる方法を考えられればいいのだが、そんな方法が果たしてあるのか……。

あの三人が縁談相手に性癖を出さないかも心配だが、どうやって彼女たちと模擬デートをして、男に好かれる術《すべ》を教えるかが、一番差し迫《せま》った問題だろう。

「う～ん……。一体どうやって仕事を果たすか……」

唸《うな》り声をあげながら、頭をひねって悩む俺。

と、その時。コンコンと部屋の扉が鳴った。

『天真せんぱーい。お邪魔《じゃま》してもいいですかー？』

「お、花鈴か……。入っていいぞ」

『ありがとうございます！　お邪魔しますー！』

扉が開き、ショートヘアーを揺《ゆ》らしながら部屋に入ってくる花鈴。

何の用事かと思っていると、早速《さっそく》彼女が口を開いた。

「先輩、突然《とつぜん》すみません。実は少し、お話がありまして……」

「お話……？　まさかまた、エロ漫《まん》画《が》の手伝いをしてほしいとか……」

「あ、いや。そっち系ではなく……」

否定し、一度言いよどむ花鈴。

しかし彼女は、すぐにまっすぐ俺を見て尋《たず》ねた。

「先輩って……今付き合ってる人とかいるんですか……？」

「は……？」

予想だにしなかった質問に、自分が何を聞かれているのか理解できなかった。

呆《ほう》けていると、再び花鈴が真剣《しんけん》な表情で尋ねてくる。

「誰か好きな女の子とか、付き合ってる子とかいるんですか……？」

「い、いや……。そんなのいるわけないだろ。なんでそんなこと聞くんだよ……？」

「だって先輩……最近お姉ちゃんたちとすごく仲がよさそうですから……。もしかしたら、実はどっちかと付き合ってるのかなって……」

「なっ……！　そんなわけないだろう！　俺はあくまで仮の夫で、それ以上でもそれ以下でもない！」

「そ、そうですか……。それならいいんですけど……」

ふぅ……と息を吐《は》く花鈴。その姿は、なんだか安心したように見える。

お、おい……。どうしたんだよ、花鈴のやつ……。

こんな質問するってことは……そして俺の答えにここまでほっとするってことは……。

まさかそういう意味なのか……？　花鈴のやつ、本当に俺のこと——

「でも……だったらなんで月乃お姉ちゃんとリビングでイチャイチャしてたんですか？」

「ぬあぁ⁉」

コイツ、まさか見てたのか⁉　ついさっき、月乃にリビングで発情されたのを……！

月乃を部屋に連れていくときに感じた視線はコイツだったのか！

「廊下《ろうか》からチラッと見えたんですけど、さっき月乃お姉ちゃんと先輩が一瞬《いっしゅん》、抱《だ》き合ってるように見えました……。付き合ってないなら、どうしてそんなことしてたんですか？　普通《ふつう》、付き合ってもないのに抱き合ったりなんてしませんよね？」

「そ、それは……」

まずい……。二人との交際を否定したせいで、余計怪しまれる事態になってしまった。

このままだと、月乃の性癖を花鈴に知られてしまうかもしれない。

いや、待て！　まだ誤魔化《ごまか》しは利くはずだ。幸い見られたのは、月乃と抱き合っている様子だけ。廊下から見ていたということは、月乃が胸をチラ見せしてたのは死角になって見えないはずだし、彼女が口にした卑猥《ひわい》な発言を聞かれてなければ何とかなる。

「え、えっと……。さっきのアレも花嫁修業《はなよめしゅぎょう》の一環《いっかん》なんだよ。男に慣れさせるためというか……」

「花嫁修業の一環で、月乃お姉ちゃんが先輩のシャツの匂いを嗅ぐんですか……？」

「ふぁっ⁉」

アカ──ン！　それは見られてた──！　決定的な発情場面を見られてた──！

「その反応……！　ハッキリ見えたわけじゃないので間違いだろうと思ってましたが、本当にやっていたんですね……？　先輩、すごく怪しいです……」

やばいやばいやばいやばい！　動揺《どうよう》したせいで花鈴の疑惑《ぎわく》を深めてしまった！

ってか、花鈴には指摘《してき》されたくねえ！　だってお前も花嫁修業って名目でもっとヤバイコトしてるじゃん！　所かまわず脱いでるじゃん！

「花嫁修業って、嘘《うそ》なんですね？　どうして嘘なんかつくんです？」

「いや、それは……」

「嘘をつくってことは、ひょっとして……何か隠してるんですか？　お姉ちゃんと先輩の間に、何か秘密があるんですか？」

「!?」

しかもこいつ、意外に鋭《するど》いし！　すげえ痛いとこついてきやがった！

「い、いや……。何を言ってんだよ……？　秘密なんて、あるわけないだろう……？」

馬鹿《ばか》正直に雪音さんと月乃の性癖を語ることもできず、中身のない否定で誤魔化そうとする。しかし、花鈴には通じない。

「本当ですか……？　怪しいです……。先輩、何か隠してますよね……？」

「いやいや、無いって！　お前が勝手に思い込んでるだけだって！」

「嘘です！　花鈴には分かりますよ？　先輩、お姉ちゃんと何かを秘密にしてます！　何を隠してるんですか!?」

正確には、花鈴とも二人とほとんど同じ秘密を共有しているわけだが……。

しかし花鈴も自分の姉が変態だなんて微塵《みじん》も思わないらしく、まだ真実には気づかない。

とはいえここまで怪しまれたら、いつ気づかれてもおかしくはない！

「もしかして先輩……。隠れてお姉ちゃんたちと付き合ってませんか⁉」

「いや、それはないから！　絶対にないから！　なんでその発想になるんだよ⁉」

「だったら、何を隠してるか教えてください！　花鈴には言えないことなんですか⁉」

「あーもう！　何にもないって言ってるだろ！　そんなに俺を信用できないのか⁉」

「それ、浮気《うわき》してる男が言うセリフですよ！　全然信用できません！」

「そんなヤツらと一緒にするなよ！　いいから、そろそろ出てってくれ！　俺も色々忙《いそが》しいんだ！」

「あっ、ちょっ！　何するんですか先輩《せんぱい》！　隠すってことは、やっぱりお姉ちゃんたちと付き合って――」

俺は花鈴の体を無理やり部屋から押し出して、抗議《こうぎ》を無視して扉《とびら》を閉じた。

「はぁ……はぁ……。しんどかった……」

しかし……正直驚《おどろ》きだったな……。まさか、花鈴に秘密のことを感づかれるとは……。

ってかこれ、正直マズくないか……？　咄嗟《とっさ》に無理やり追い返したが、まだ全然疑惑は晴らせてないし……。

花鈴のやつ、絶対俺と二人の関係について色々探《さぐ》ろうとしてくるだろ……。そうなったら、今度こそ月乃の発情癖がバレるかもしれない。

その前に何とか花鈴を納得《なっとく》させないと……。秘密なんてないと思わせないと――

そう思ったとき、再び扉がノックされた。

「！」

情けなくも、ビクッと体が跳《は》ねる。また花鈴が来たのかと思ったが――

『ねぇ、天真。今時間ある？』

その声の主は、月乃だった。

「つ、月乃か……？　別に入ってもいいが……」

許可すると、お邪魔しますと言いながら月乃が部屋に入ってきた。

「ゴメンね、突然。忙しくなかった？」

「あ、ああ……。別に大丈夫《だいじょうぶ》だ。でも、珍《めずら》しいな……。月乃の方から俺に会いに来るなんて……」

月乃は発情癖があるため、自分からはあまり男に近づかない。ちょっと前までは露骨《ろこつ》に接触《せっしょく》を避《さ》けられていたし、こんな機会はあまりなかった。

「うん。ちょっと天真に聞きたいことができたから」

「え……？」

聞きたいこと……？　なんだ……？　なんか、嫌《いや》な予感が——

「ねぇ、天真。アンタ、花鈴か雪姉と付き合ってんの？」

「ぶふぅ⁉」

驚きのあまり、肺の空気が全《すべ》て出た。

こ、コイツも花鈴と同じ質問をしてきやがった……！

一体どういうことなんだよ⁉　なんで急に二人揃《そろ》って、同じこと聞いてくるんだよ⁉

「天真……最近、前にも増して二人と仲良くしてるでしょ？　花鈴はアンタにベタベタ引っ付いてるし、雪姉も最近アンタに頼《たよ》るようなことが多くなったし……。どっちかと付き合ってるのかなって……」

「いや、付き合ってねーよ！　俺は肇さんに雇《やと》われてここで暮らしているんだぞ！　そんなことしたらクビになるだろ！」

「それは確かにそうだけど……。隠《かく》れて付き合ってたりとか……」

「ないないないない！　断じてない！　神に誓《ちか》って独り身だ！」

三姉妹《しまい》の裸《はだか》を見ることはあっても、交際を始めることだけはねーよ！

「じゃあ、本当に誰《だれ》とも付き合ってないの……？　本当の、本当に……？」

「だからそうだって！　あんまり何度も言わせないでくれよ！」

「そ、そうなんだ……。それならいいんだけど……」

さっきの花鈴と同じように、安堵《あんど》の息をつく月乃。

おいおい、何だよこの反応……。なんでコイツまでそんな安心した顔を——

「あれ……？　でも、それおかしくない？　付き合ってないなら、なんでさっきはキッチンで雪姉とイチャついてたの？　しかも雪姉、アンタにお尻《しり》向けてなかった……？」

ギャ————！　そこはしっかり見られてた————！

さっきの雪音さんとの絡《から》み、月乃に見つかってたのかよ！　あの時の物音はコイツだったのか！

「恋人《こいびと》同士だったらまだしも……付き合ってもないのに、どうして雪姉があんなこと……。そもそもアレ、何をやってたの……？　なんで雪姉がアンタにお尻向けてたの……？」

「そ、それは……！」

何か言い訳をしようとするが、咄嗟に言葉が出てこない。

またさっきみたく『花嫁修業の一環だ』と言ってみようかと思ったが、女が男にお尻を向ける花嫁修業なんてあるわけないし……。

「……悪いけど、ちょっと言えない、かな……」

そんなセリフしか吐けなかった。

「な、なにそれ……？　なんか怪《あや》しいんだけど……！」

曖昧《あいまい》な否定に、月乃の疑惑度が上がってしまう。でもこれ、どうやって誤魔化せばいいんだよ！

「ねえ天真……。ひょっとして、アンタ何か隠してない？　なんか重大な秘密とか……」

あーもう！　こいつも疑ってきた――！　さすが姉妹と言うべきか、花鈴と同じ思考回路をしてやがる！

「いや、何もねーよ！　なんだよ秘密って！　お前妄想《もうそう》しすぎだよ！」

「だって天真、アタシとの間にも秘密あるじゃん！　ほら、発情癖《へき》のこと……。そんな感じで、雪姉たちとも何か隠してるんじゃないの⁉」

危ねぇ！　こいつ気づきかけてる！　真実の扉を開きかけてる！

ここはハッタリでもなんでもいい！　とにかく誤魔化しておかないと！

「そんなわけないだろ！　大体お前、あの二人が月乃みたいに発情癖とか持ってると思うか⁉　あんな優《やさ》しい姉と無邪気《むじゃき》な妹が、お前には変態に見えるのか⁉」

「わ、悪かったわね変態で！　でも、アタシみたいな秘密じゃなくても、なんかあるかもしれないじゃん！」

「ないって！　ホントに！　疑いすぎ！」

「もしかして、実は雪姉と隠れて付き合ってんの⁉　それとも、やっぱり花鈴とか！」

「だから付き合ってねーっつうの！」

このままじゃ延々と月乃に問い詰《つ》められ続ける！　無理にでも話を切らないと！

「さあ、もういいだろっ！　これ以上聞かれても答えは同じだ！　お願いだから出てってくれ！」

「何それ⁉　逃《に》げる気⁉　ちょっ、天真──」

月乃を部屋の外へと追いやり、無情にも部屋の扉を閉める。

彼女はしばらく抗議の声を上げながらドンドンと扉を叩《たた》いていたが、やがて諦《あきら》めたのか去っていった。

はぁ……。もうマジで何なんだよ、あいつら……。揃って同じこと聞きやがって……。

なんかもう、マジで焦《あせ》ったぞ……。何とかこの場は乗り切れたけど……。

いや、待てよ……？　まさかこの後……！

『天真君。ちょっといいかなぁ？』

うわあああああああああ！　やっぱり来た──────！

ノックの音と共に雪音さんの声。予想通りに訪ねてきた。打ち合わせでもしてんのか。

「は、はい……。何の用ですか……？」

スルーしようかとも思ったが、さすがに無視は気が引ける。良心に負けて扉を開けた。

「突然《とつぜん》ゴメンね、天真君。実はちょっと聞きたいことがあって……。天真君って、月乃ちゃんか花鈴ちゃんと付き合ってる？」

しかも案の定、さっきと同じ内容だ――！　あの二人と同じ質問だ――――！

「いや、あの……。付き合ってないですが……」

「じゃあ……どうしてさっきは花鈴ちゃんと、ベッドでイチャイチャしてたのかな？　私が天真君を起こそうとしたら、あの子が天真君にパンツを見せつけてたようだけど……」

あああああ！　それも見られてたのかよ！　そう言えば、あの時も視線感じてたわ！

「付き合ってないのに、どうしてあんなにイチャイチャしてたの……？　やっぱり、花嫁《はなよめ》修業《しゅぎょう》のため？　それとも、何か特別な理由が……」

「いやいや！　なにもありませんから！　そういうの気にしないでください！　それじゃっ！」

「あっ、天真君!?　ちょっと待って――」

これ以上話を続けていたら、間違《まちが》いなく同じ流れになる。

そう思い、また色々勘繰《かんぐ》られる前に、俺は強引《ごういん》に扉を閉めた。

でも今の会話の打ち切り方は、余計に怪しまれた可能性があるな……。何か隠してるの見え見えじゃん……。俺としたことが、焦って失敗してしまった……。

ってか、アイツらの行動筒抜《つつぬ》けじゃねーか！　三人の変態行為《こうい》、全部それぞれ他の誰かに見られてんだけど！

いや、でも考えてみれば当然か……。

同じ屋根の下で暮らしている以上、お互《たが》いのプレイを見られていても何の不思議もないだろう。むしろ、まだ完全にはバレていない今の状況《じょうきょう》が奇跡《きせき》である。

でも、こうなったら今まで以上に気を引き締《し》めていかないといけない。もしもこのまま三人が、俺や他の姉妹に疑惑《ぎわく》の目を向け続けるのなら、性癖バレするリスクが上がる。それだけは絶対に阻止《そし》しなければ……。

しかし……ただでさえ肇さんの仕事で悩《なや》んでいたのに、面倒《めんどう》なことになってしまった。

とりあえず今は、三姉妹がお互いに探り合ったりしないことを祈《いの》ろう……。

※

しかしそんな淡《あわ》い願いは、見事に打ち砕《くだ》かれてしまった。

「…………」

「…………」

「…………」

これは、厄介《やっかい》なことになったぞ……。

俺はリビングのソファーでテレビを見ながら、背中に冷《ひ》や汗《あせ》が流れるのを感じた。

俺の方を見つめる、三つの視線。

花鈴がダイニングの席に座って背後から俺をじっと見つめ、月乃が廊下《ろうか》からこちらを覗《のぞ》く。そして雪音さんはキッチンで夕食の仕込みをしながらも、時折こちらをチラ見する。

三姉妹たちがまるでけん制し合うかのように、俺の周囲を見張っていた。

いや、なんなんだよこれ。なんなんだよこれ。

どうやら三人とも俺と話し合った結果、他の二人が俺との間に秘密を抱《かか》えていると知り、それが何なのか気にしてるらしい。俺が他の誰かと付き合っているのか、もしくは他にそれ以上の秘密を抱えているのではと疑い、確かめようとしているようだ。

結果、三姉妹たちは全員揃って俺を見張り、互いの秘密を暴こうとしていた。

「はぁ……」

思わず深いため息が漏《も》れる。

マジで勘弁《かんべん》してくれよ、こいつら……。この状況、全然落ち着かないんだけど。頼《たの》むからすぐにやめてほしい。

俺も一応、個別に『家族を疑うなよ』『秘密なんてマジで何もないし』と誤魔化《ごまか》そうとはしてみたんだが、残念ながら効果はなかった。俺の根拠《こんきょ》のない否定なんて、誰も信じる気は無いようだ。俺って、そんなに信用無いのか……？

何だか、ひどく喉《のど》が渇《かわ》いてしまう。俺はコップに手をかけるが、中はすでに空だった。

「あ、天真君。お茶欲しいの？　今淹《い》れてきてあげるからね？」

雪音さんが目ざとく俺の動きを察知して、コップを受け取ろうと寄ってくる。

すると――

「あっ！　お茶ならアタシが淹れる！　ちょうど飲もうと思ってたし！」

「いやいや！　ここは花鈴がやります！　たまにはお手伝いしたいです！」

二人が我先にと飛び出して、俺のコップを奪《うば》い合った。

「お、おいやめろ！　お前たち！　普通《ふつう》に自分で淹れるから！」

俺は彼女たちから逃げるように、慌《あわ》てて冷蔵庫へ移動する。そしてペットボトルのお茶を用意し、再びリビングのソファーに戻《もど》った。

当然三姉妹たちも、自分のいた場所へと戻っていく。

ああもう……さっきからずっとこの調子だ……。三姉妹《しまい》の誰かが俺に近づけば、他の二人が我先にとソレを阻止してくる。何か秘密があると思った以上、他の二人と俺を接触させるのが嫌《いや》なのかもしれない。

ってか、なんでこいつらがそこまでお互いの秘密を気にするんだよ……。やっぱり、姉妹で隠し事をされてるのが嫌なのか？　それとも……実はみんな俺のことが好きで、好きな人が別の相手と付き合っていないか心配だとか……。

いやいやいやいやいや！　さすがにそれは意識しすぎだ！

俺はいつまであの履歴《りれき》のことを引っ張ってるんだ……。いい加減、くだらないことは忘れないと……。

「でもまさか、あの三人がここまで疑心暗鬼《ぎしんあんき》になるとはな……」

この状況は何としてでも、早く解消しないといけない。お互いがここまで相手を警戒《けいかい》していたら、彼女たちの秘密が晒《さら》され合うのは時間の問題になるからな。

でも幸い、朝以降は誰もエロ絡《がら》みを仕掛《しか》けてこなかった。俺たちの一挙手一投足を姉妹が互いに監視《かんし》してるせいで、誰も勝手なことはできないのだろう。

もうすぐ夜になる時間だが、こんな長時間彼女たちの下着姿を見ないのは、この家に来てから初めてかもしれない。それだけは唯一《ゆいいつ》の癒《い》やしであった。

っていうか、待てよ……？　この状況、むしろ僥倖《ぎょうこう》かもしれないぞ……。

だって三人が相互監視《そうごかんし》をしている間は、誰《だれ》も今までのようにエロ絡みをしてこられなくなるんだ。ということは、肇さんから依頼《いらい》されてる模擬《もぎ》デートの際も、変態行為ができないということ。

今なら変態三姉妹たちと、まともな模擬デートができるかもしれない……。捕《つか》まる危険を気にせずに、外でデートができるかもしれない！

だったらむしろ、今の状況は解消させない方がいい。三人の疑いをどう晴らすかは、この際後で考えればいいんだ。

今はとにかく、肇さんから頼まれた仕事を果たすことが先決だ！

そうと分かれば、早く行動しなければいけない。

俺は唐突《とうとつ》にソファーから立つ。すると三姉妹全員が、俺の方へと注目した。

そんな彼女たちに向けて、俺は高らかに言い放つ。

「おい、皆《みんな》！　明日、早速《さっそく》模擬デートするぞ！」

第二章　変態たちのデート術

翌日、俺たちは早速模擬デートのために四人揃《そろ》って外出していた。

そして今回やって来た場所は、都心の観光スポットだ。ここら一帯は、動物園や映画館、水族館やショッピングモールなど、同じエリアに様々な娯楽施設《ごらくしせつ》が用意されている。様々なシチュエーションでデートを体験できるここは、模擬デートにうってつけというわけだ。

実際夏休みなだけあって、辺りにはたくさんの学生カップルたちがいた。

「よし！　それじゃあ早速、男に好かれる方法を伝授していくぞ！」

そんな中、俺は三姉妹たちを奮い立たせる。

昨夜はこのために徹夜《てつや》で知識を仕入れたんだ……。三人が変態行為に及《およ》べないうちに、しっかり仕事を果たさせてもらうぜ！

「ふふ……。天真君《てんま》とのデート、たっぷり楽しませてもらうね……！」

「天真たちのこと……しっかり見張っておかないと……」

「男を落とす方法ですか……。先輩《せんぱい》の誘惑《ゆうわく》に使えそうですね。先輩たちがどんな秘密を抱えていても、先に落とせば済む話ですし……」

ブツブツと何かを呟《つぶや》く三姉妹たち。よく分からないが、彼女たちもやる気のようだ。神《じん》宮寺《ぐうじ》家の娘《むすめ》として、責任をもって縁談《えんだん》に臨《のぞ》む覚悟《かくご》をしたのかもしれない。

だとすれば、俺も全力を尽《つ》くさないとな……！　縁談の成功は、俺の教えにかかっている。そう考えると、責任重大なのだから。

俺はさらに気合いを入れて、昨夜に練った模擬デートプランを実行するため、三姉妹を最初の目的地へ連れて行った。

※

最初に俺が選んだのは、動物園でのデートだった。

「わー！　こういう所、久しぶりに来ました！」

「小学生の頃《ころ》は、よく私たちだけで遊びに来たよね」

「そうそう！　他にもプラネタリウムとか行ったっけ」

園内に入り、和気あいあいと会話を紡《つむ》ぐ三姉妹。

しかし案の定、彼女たちは俺の周囲を取り囲んでいた。昨日のように、互いにけん制し合うかのように。

いつもならこの辺で花鈴《かりん》が下着を見せつけてきたり、雪音《ゆきね》さんがご奉仕《ほうし》してきたりするところだが、さすがに今は何もしてこない。三人とも、姉妹同士の監視に必死なのだろう。そして他の姉妹が少しも俺から離《はな》れずに視線を向けている中で、エロ行為なんてできるわけがない。

狙《ねら》い通り、彼女たちの性癖《せいへき》を気にすることなく模擬デートを進められそうだ。

俺は三姉妹たちと道の端《はし》に寄り、そこで講義を開始した。

「よし……じゃあ実際に園内を回る前に、基本的なことを教えさせてもらう。まずは男を落とす技術というより、デートの中で最低限意識しておくべきことだ」

「はいっ！　お願いします、先輩！」

花鈴がやる気に満ちた返事をし、三姉妹の視線が俺に注目する。

「まず、デートで気を付けるべきなのは、何といっても歩き方だな。それ一つでいい女に見えるかどうかが決まる」

昨日調べたところによると、デートの時に身だしなみやファッションを気にする女性は多いが、姿勢まで作り込む人は少ないらしい。

だが実際、姿勢が良い女性は男から見て魅力《みりょく》的だ。なんとなくセクシーな感じもするし。

そこはしっかり、彼女たちに伝えておかなければいけないだろう。

「まず姿勢だが、真っすぐ立って、少し胸を張り、顎《あご》は少し引くと良い。そして肝心《かんじん》の歩き方は、重心を前でなく後ろにおき、背筋を伸《の》ばして歩くんだ。前屈《ぜんくつ》姿勢になっていたり、猫背《ねこぜ》になっているのはアウトだな。これができるだけで印象は変わるぞ」

この三人は、ただでさえ見た目が綺麗《きれい》だからな。こういうところの隙《すき》を無くせば、かなりのポイントを稼《かせ》げるはずだ。

「なるほど……。それは盲点《もうてん》だったかも……」

「へぇ……。意外と勉強になるわね……」

「特に、動物園は結構歩く場所だからな。今言った姿勢を崩《くず》さないよう、ここを回りながら訓練してほしい」

動物園やテーマパークを良い姿勢で回りきれれば、完璧《かんぺき》に身についたと言えるだろう。

「それと男に好かれる技術として、まずはボディータッチが有効だな。相手を呼び止めるときに、シャツの裾《すそ》をつまむとか。これは手を繋《つな》ぐほど関係が進んでいなくても、気軽に相手に触《ふ》れることができる。一番簡単なボディータッチだ」

まあ、正確にはボディーじゃなくて服に触れるだけだけど。でも、これくらいの方が控《ひか》えめで可愛《かわい》い感じがすると思う。小動物的というか、なんかか弱いイメージで。

「なるほど。とても勉強になりますね」

「うんうん。これは確かに使えるかも」

頷《うなず》きながら言う雪音さんと花鈴。

そして二人は、早速俺の服の裾をつまんだ。

「……おい、二人とも。別に無理やり実践《じっせん》しなくてもいいんだぞ？　頭の中に留《とど》めておいてくれれば……」

「そういう訳にはいきません。これも花嫁修業《はなよめしゅぎょう》ですから！」

「そうそう。せっかく天真君がいるんだから、ちゃんと体で覚えないと」

裾を掴《つか》み、くいくいと可愛らしく引っ張る二人。

まあ……確かに実験しておくべきか。そのために俺がいるわけだからな……。

でも正直、少しドキッとしてしまった。この仕草の可愛さもあるが、なんだか彼女たちに強い好意を向けられた気がして。

「うぅ……。アタシだけ仲間外れ……」

発情癖を持つ月乃《つきの》だけは、近くで見ているだけだったが……。

「言い忘れてたが……ボディータッチは三秒くらいにした方がいいぞ？　最初からあんまりベタベタしたら、鬱陶《うっとう》しく思われるからな……？」

いつまでも裾を摑んで離さない二人に、俺はやんわりと注意した。

※

とりあえず最低限の技術を仕込み、実際に四人で園内を回り始める。

そして俺は、男に好かれる技術を語った。

「動物園ならとにかく『可愛いー！』を連発しておけば間違《まちが》いない。小動物を見て愛《いと》しさを覚える。男はそういう感性に、女性らしさを感じるんだ」

犬や猫《ねこ》、それに小さな子供を好きな女性はポイントが高い。それは男が女性のそんな純《じゅん》粋《すい》なところに魅力を感じているからだ。動物園では、それを存分に活《い》かすことができる。

「え？　マジで？　それだけで？　なんかさすがに単純すぎない？」

「嘘《うそ》だと思うなら、アレを見てみろ」

訝《いぶか》し気な月乃に具体例を示す。俺が指さしたのは、すぐ隣《となり》にあるフクロウの檻《おり》だ。

「キャ――――！　可愛い――――！　フクロウさんすごく可愛いです！」

「ホントだね～！　あのまん丸な体がたまらないよ～！　可愛い～！」

花鈴と雪音さんが、全力でフクロウを愛《め》でていた。

「な、なるほど……アレは可愛いわね……」

「だろ？」

特に男はかなり単純で、これだけでも相手にかなりの好意を抱《いだ》くものだ。

「ってか、月乃はあんまり動物好きじゃないのか？　二人に比べてテンション低い気がするが……」

雪音さんと花鈴は俺の側《そば》から離れずも、目ざとく可愛い系の動物を見つけてはしゃいでいる。一方月乃は、普段《ふだん》と変わらない様子だった。

「嫌《きら》いじゃないけど、アタシは普通《ふつう》に犬とか猫とかのが好きだから。猫カフェとかの方が盛り上がるかも」

「なるほどな……。好みの違いか」

一応動物園にもプレーリードッグとか可愛い系の動物は多いが、ペットでよく見る動物は案外少ないのかもしれない。

「まあでも、動物園でも好きなのはいるわよ？　例えば、アレとか！」

そう言って月乃が示したのは、少し先にある大きめの檻。

その中には、数頭のライオンが入っていた。

「ライオンってネコ科だし、大きい猫みたいなもんでしょ？　だから結構好きなのよね」

「まあ確かに、間違っちゃいないか」

そう思ってみると、なんだかライオンも変わって見えるな。百獣《ひゃくじゅう》の王と言うだけあってカッコいい印象しかなかったが、よく見ると可愛いかもしれない。

俺は視線を遠くにやり、檻の中の彼らを観察した。

――雄《おす》ライオンが雌《めす》ライオンの上に乗り、何だか体を揺《ゆ》らしていた。

「え……？」

いや、待て待て。こいつら何してんの？　なんかすげー体勢取ってるんだけど。

っていうかこれ……まさかアレじゃね？　この光景って、ひょっとして……！

「あーっ！　ライオンがエロいことしてるー！」

近くを通りかかった子供が、なんの遠慮《えんりよ》もなく真実を叫《さけ》んだ。

だよなぁー！　やっぱりヤッてるよなぁ！　おっせっせの最中だよなぁ！

何してんだよこの獣《けもの》どもは！　よくこいつら皆《みんな》に見られてる中でそんな行為《こうい》に及べるよな！　しかも、よりにもよってこんな時に！

この状況《じようきよう》を月乃が見たら、間違いなく発情癖を出す！　月乃は教科書の受精の話でも興奮するような変態なんだぞ！

そして真昼間の外で月乃に発情されたりしたら、それはもう一巻の終わりなわけで。

「はぁはぁ……」

「月乃待ってくれ。落ち着いてほしい」

振《ふ》り返ると、やはり月乃が顔を真っ赤に染めていた。

「んあぁっ……！　なんだか、ゾクゾクしちゃう……！」

自分の体を抱き、ビクッと体を震《ふる》わせる月乃。

そして彼女は、酔《よ》ったように蕩《とろ》けた瞳《ひとみ》で俺を見る。

「アタシも、エッチなことしたい……！　天真ぁ……アタシの体、たくさん触《さわ》って？」

「ライオンの交尾《こうび》に触発《しょくはつ》されんなー！　お前はもう少し理性を保て！」

「天真ぁ、お願い……。アタシのこと気持ちよくして……？　一緒《いっしょ》に気持ちよくなろうよお……」

俺の言葉などお構いなしに、月乃が声を昂《たかぶ》らせる。

「アタシ、何でもしてあげるから……！　おっぱいもお尻《しり》も、好きなだけ触っていいからあ……！」

「触らないから！　こんなトコでしたら犯罪だから！」

「それでも……我慢《がまん》できないのぉ……！」

月乃が俺の腕《うで》を組み、ギュッと横乳を押し付けてくる。そして静かに囁《ささや》いた。

「ねぇ、天真……。アタシと、エッチして？」

いやあああ！　ここにも獣がいるううう！

「月乃ちゃん……？　どうしたの？　なんだか様子がおかしいよ？」

「本当だ。すごく顔赤くなっちゃってる……」

雪音さんと花鈴が、月乃の変化に気が付いた！

「もしかして、熱でもあるのかな……？」

「はうっ！」

雪音さんが心配し、月乃に顔を近づける。そして月乃と自身の額を合わせた。

同時に、月乃の表情が戻《もど》った。興奮で緩《ゆる》んだ表情から、元のしまりのある顔つきに。

「うーん……ちょっと熱いかも……。大丈夫《だいじょうぶ》？　月乃ちゃん」

「う、うん……！　えっと……大丈夫……っ」

あ、危ねぇ……。雪音さんが月乃に近づかなければ、月乃は発情に流されていた……。

二人に性癖がバレる前に、何とか正気に戻ってよかった……。

「月乃お姉ちゃん……。なんだか今、変な感じがしたような……」

と、思いきや。花鈴は月乃に不信感を持っていた。

「天真先輩《せんぱい》……。今、お姉ちゃんに何かされてましたか……？　とても怪《あや》しい感じがした

んですけど……」

「い、いや！　何にもなかったぞ！　それより、早くデートを続けよう！」

これ以上怪しまれる前に、さっさと話を逸《そ》らさないとマズイ。

俺はまた動物の交尾で月乃が発情しないよう、彼女たちを連れて移動した。

※

動物園の次にやって来たのは、カラオケやビリヤード、ボウリングなど、数多くのレジャーが楽しめるアミューズメント店である。

「うわ……！　すっごい広いですね、ここ」

「さすが、色々遊べるだけあるわね……。今度友達とも来てみようかな」

月乃と花鈴はテンションを上げて、辺りをキョロキョロと見回していた。

「天真君。次のデートは何するの？」

「とりあえず、ボウリングをしようかと。さっきとは違うデートの極意《ごくい》を教えたいので」

雪音さんの問いに答えながら、ボウリングの受付がある二階へ上がる。そして受付近くの台に用意されていた、専用の受付シートを取った。

「まずはシートに皆で名前を書いてください。そしたら店員に渡《わた》して受付するので」

「了解《りょうかい》！　ちょっと待っててね～」

自分の名前を書いてからシートを雪音さんに渡し、その後料金などを確認《かくにん》する。あ、こ

こって会員登録しないと遊べない感じなのか……。正直ちょっと面倒《めんどう》くさいな……。

「天真君、名前書き終わったよ～」

「あ、ありがとうございます」

雪音さんがシートを戻してくる。俺はそれを受け取り、受付に持って行こうとした。

と、その時。彼女たちの文字が目に入る。

「あれ……？　これって全部雪音さんが書きました？」

「え？　普通に自分の名前は皆自分で書いたけど……」

にしては、どの文字もよく似ている。皆同じような、丸っこくて可愛《かわい》らしい文字だ。

「私たちの字体、かなり似てるからね～。やっぱり、姉妹《しまい》だからかな」

なるほどな……。三姉妹の文字を見比べるのは初めてだから、ほんの少しだけ驚《おどろ》いた。

というかこの文字……なんだか、どこかで見たような……。

まあいい。とにかく早く受付を済まそう。

俺たちはシートを店員に提出し、ボウリングのレーンに移動する。そして球や靴《くつ》を借り

て準備をしてから、模擬《もぎ》デートの続きを開始した。

「いいか？　次に教えるのは、好感度を上げる方法だ。俺が調べたところによると、デートで男を喜ばせるには『すごーい！』『男らしい！』『ドキッとしちゃう！』という三つの言葉があれば済むらしい。だからデートではこの言葉たちを何度も駆使《くし》して、男のことを立ててやるんだ。それだけで相手は強い好意を持つはずだから」

自分で言っててかなり乱暴な意見だとは思うが、あながち間違っていない気もする。実際女子にそう言われて、悪い気になるやつはいないだろう。

「なるほど。それくらいなら、花鈴でも簡単にできそうです！」

「なんか……。男って思ってた以上に単純ね……」

呆《あき》れるように言う月乃。まあ、否定はできないな。

「ここに連れてきたのは、ボウリングみたいな男が得意そうなゲームをやる際は、特に男を立てやすいからだ。相手がストライクやスペアをとったり、重い球を投げたりするたびに、『すごーい！』と言ってやればいい。間違いなく相手はいい気分になって、皆に好感を抱くから」

男らしさを褒《ほ》められたり、プライドをくすぐられたりすると、男はかなり喜ぶものだ。それが何度も積み重なれば、この三人とずっと一緒にいたくなるはずだ。

「とりあえず俺が今から球を投げるから、褒める練習をしてみてくれ。今教えた言葉を言うだけでいいから」

そう指示を出し、俺は自分の球を摑《つか》む。そして立ち並ぶピンに向かって投げた。

だが……。

「あっ……」

ボールは大きく右にそれて、端《はし》の溝《みぞ》に流れてしまった。結果は一本も倒《たお》れず、ガーター。

「な、ナイスガーターです！　あれほど見事なガーターは、花鈴も見たことありません！」

「い、一本も倒れないなんて、一周回って凄《すご》いんじゃない？」

「あんな重いボール、投げられるだけでも凄いと思うよっ！」

「もう嫌味《いやみ》にしか聞こえねーよ！　いっそ普通に笑ってくれ！」

表情を引きつらせながら無理やり褒めてくる彼女たちに怒鳴《どな》る。

とはいえ、さすがに今のは俺が悪い……。あんなんどうやっても褒めよう無いしな。

二投目はより気を引き締《し》めて、ミスらないように球を投げる。すると今度は、見事にすべてのピンを倒した。挽回《ばんかい》し、何とかスペアをとる。

「わっ！　今度は本当にすごいです！　先輩、男らしいですね！」

「え、えっと……。すごいんじゃない……？　スペアなんてなかなかとれないし……」

目を輝《かがや》かせながら本心のように言う花鈴に、不慣れながらも俺を立てようとしてくれる月乃。

……なんだか、練習と分かっていても少し嬉《うれ》しくなってしまう。

「わー！　よしよし～。天真君は凄いねぇ～！」

「うわっ！」

雪音さんが俺を抱《だ》き寄せて、頭を優《やさ》しく撫《な》でてきた。

「よーしよし。いい子いい子～。天真君ならできると思ってたよ～」

「あ、あの……！　別にそこまでしなくても……！」

さすが甘やかし上手の雪音さんだ……。こんな風に人を褒めるのは慣れてるらしい。

「ちょっ！　雪音お姉ちゃん！　天真先輩にくっつき過ぎだよ！」

「そ、そうよ！　さすがにそれはやりすぎじゃん！」

月乃と花鈴が結託《けったく》して、雪音さんを俺から引き離《はな》す。

「え～？　そうかな～？　でも私、いつも天真君にはこうしてるよ？」

「ダメッ！　そんなの花鈴は認めないよ！　もう二度とやっちゃダメだからね！」

なぜか花鈴が雪音さんに説教を始める。実際、外でくっつかれると困るから止《や》めてくれるのは助かるが。

「まあ、とにかく……。デートで好かれようと思うなら、男を立てることが必須《ひっす》だろう。あとレジャー施設《しせつ》のデートで重要なのは、無邪気《むじゃき》に素《す》を出してはしゃぐことだな」

大人しい女性も悪くはないが、こういう時にテンション上げて楽しそうにしてる女子の方が、男は一緒にいて楽しいからな。

「ってことは、難しいことは考えずにただ遊んでればいいってこと？」

「それくらい楽勝じゃないですか！」

「ただし男への気配りは常に忘れるな。楽しみながらも、しっかり相手の男を立てる。今回はその練習だ」

楽しく遊びながらも相手を気遣《きづか》うのは難しい。ここで練習しておくべきだろう。

「とりあえず、後は順番に投げていこう。時々男を立てながらな」

「分かった！　それじゃあ、私からいくね～」

そう言い、投球順に従って球を掴もうとする雪音さん。

しかし、なかなか持ち上がらない。

「あ、あれ……！　やっぱり、ちょっと重いかも……！」

雪音さんが、球の重さに苦労していた。

一応店員に女性用の軽い球をもらっていたようだが、それでも簡単には持てないようだ。

「雪姉、相変わらず力ないわねー」

「大丈夫？　もっと軽い球に替《か》える？」

「だ、大丈夫！　これで出来るから！」

無理して持ち上げ、レーンに向かっていく雪音さん。

そして三姉妹たちとボウリングを始めた。

※

しばらくして、ゲームが終了《しゅうりょう》する。

「やった、やった！　アタシの勝ち！」

「うう……。もう少しだったのに、悔《くや》しいです……」

すっかりゲームを楽しんだようで、一喜《いっき》一憂《いちゆう》している月乃たち。

ゲームの結果は俺が一位で、その後は月乃、花鈴、雪音さんの順だった。彼女たちは姉妹間で競い合っていたようである。

でも、皆《みんな》俺が投げるたびに「すごーい！」「最高！」「カッコ良いー！」と褒めちぎっていたし、男を褒めるコツは無事に摑んでくれたみたいだ。

特に花鈴とか、褒め方がもう凄《すさ》まじかったし。「超《ちょう》素敵です！」「天才ですね！」と、怒《ど》濤《とう》の如《ごと》く褒めてきていた。なんか、だんだん恥《は》ずかしくなってきたほどだ。

だが一方、一つだけ心配なことが……。

「はぁ、はぁ……手が痺《しび》れちゃったよ～……」

その傍《かたわ》らで、雪音さんが涙目《なみだめ》になっていた。

「あの……。雪音さん、大丈夫《だいじょうぶ》ですか？　やっぱり、ちょっと辛《つら》そうですけど」

「う、うん……。大丈夫……。でも、ちょっと痛いかも……」

やはり選んだ球が重かったらしい。もっと子供用とかの軽い球を使わせてもらうべきだったか……？

「それなら、軽い球にすればよかったですね……。テーピングでもしておきましょうか？」

「う、うん……ごめんね。でも大丈夫。これくらいの痛み、ちょうどいいから」

「ちょうどいい？」

「うん。すごくちょうどいいの。このジンジンくる痛み……興奮しちゃう」

……え？

「あんっ……！　この指の痛み、癖《くせ》になりそう……！　もっと痛くされたいよぉ……！」

いや、ドМ――――っ！

また変態特有の謎《なぞ》理由で興奮してるぞこの人！

「天真君……！　もっと私のこと虐《いじ》めて？　主従関係を私の体に教え込ませて？」

「そんなもの元からありませんから！」

「はあああんっ！　もっと痛いの欲しいよぉ！」

雪音さんが卑猥《ひわい》な声で叫《さけ》びやがった。

「ゆ、雪姉……？　痛いって、大丈夫なの……？」

「お姉ちゃん、手首痛めたんですか？」

今のゲームについて話していた二人が、雪音さんの側《そば》に寄る。

ちょっ、ホントダメだって！　妹たちがいるんだから、さっさと興奮を抑《おさ》えてくれ！

「ぁ……ダメ……。私が変態ってバレちゃう……。でも、それも気持ちいいかもぉ……」

あ、この人ヤバイわ！　身の破滅《はめつ》を想像してますます興奮しようとしてるぞ！

「て、天真君……。もう私、我慢《がまん》の限界だよぉ……！」

「我慢って……。雪姉、何を我慢してるの……？」

「雪音お姉ちゃん、すごく切なそうな顔してますけど……」

これ、もうバレるね。今すぐ退場させなきゃ終わる。

「あー！　雪音さん、トイレですね⁉　分かりました場所教えてあげます！」

「え……ひゃんっ！」

誤魔化《ごまか》すために説明的な言い方をして、雪音さんの腕《うで》を掴む。そのまま彼女をトイレの方向へ力任せに引っ張っていく。

「あぁっ……強引《ごういん》な天真君、すごくいい……っ！　ご主人様！　このまま私を襲《おそ》ってぇ！」

「お願いだから黙《だま》っててください！」

そして俺は雪音さんの興奮が覚めるまで、彼女と物陰《ものかげ》に隠《かく》れ続けた。

※

月乃といい雪音さんといい、ホントいい加減にしてもらえないだろうか……。

外だというのに突発的に変態行為に走りやがって……。三人一緒《いっしょ》にいる状況《じょうきょう》でも、ちょっとした刺激《しげき》ですぐに興奮してしまう。俺の目論見《もくろみ》、大外れじゃねーか……。

とはいえ、これも肇《はじめ》さんに依頼《いらい》された大事な仕事。ここまで来たら、最後までやり遂《と》げなければいけない。

そして次に俺たちがやって来たのは、大型ショッピングモールだった。ここで買い物デートの予習をする。

「ショッピングの時も色々好かれるチャンスはあるが……。この機会で一番男を落としやすいのは、ブティックでのデートだと思う。普段《ふだん》は着ないような服や思いきり可愛《かわい》い服を試着して、男をさらに虜《とりこ》にするんだ」

女性の買い物は長いからショッピングを嫌《いや》がる男も多いが、それでもしっかりアピールはできる。そこで俺たちは、モールの中のブティックに足を踏《ふ》み入れた。

「というわけで皆、自分がより可愛く見えると思う服を試着してみてくれ。縁談《えんだん》相手と買い物に来た時も、すぐ良い服を見つけて相手を誘惑《ゆうわく》できるようにな」

「了解《りょうかい》しました！　これは花鈴の得意分野ですね！」

「誘惑って……。さすがにそんなことする自信ないけど……」

「とりあえず、気に入った服を着てみればいいよねっ」

三姉妹《しまい》がそれぞれ、服の棚《たな》を見にいく。

すると、ほどなくして花鈴が戻《もど》ってきた。

「先輩っ！　服選んできましたー！」

「お、早いな……。それじゃあ、早速《さっそく》着替《きが》えてみてくれ」

「はいっ！　少々お待ちください！」

両手に抱《かか》えた服と共に試着室へと入る花鈴。そして少し後、再び声をかけてきた。

「着替え終わりましたー！　出ていいですか？」

「ああ。どんな感じか見せてくれ」

「はいっ！　驚《おどろ》かないでくださいね～？」

中からカーテンが開かれて、花鈴がその姿を晒《さら》す。

「どうですか、先輩！　花鈴、可愛くなってますか？」

自信満々な表情で、キャピッとウインクをする花鈴。

そんな彼女が着ていたのは——ブラとパンツだけだった。

「いや、なんで下着姿なんだよお前は——!?」

不意打ちの露出《ろしゅつ》に、思わず声を荒《あら》らげてしまう。

ここ、普通《ふつう》に公共の場なんですけど！　同じ店内に月乃や雪音さんもいるんですけど！

「あっ、本当ですね～。うっかり服着忘れちゃいました☆」

そう言い、可愛らしく舌を出す花鈴。

いや、確実にわざとだろ！　姉に隠れて露出プレイする気満々だろ！　その証拠《しょうこ》にグラドルみたいなポーズをとってセクシーに見せようとしてやがるし！

「こんなとこにプレイを持ち込むな！　お前ホント、頭のヤバイ露出狂《きょう》だな！」

「甘いです！　これでもパンツは穿《は》いてるんですよ？　それでもまだ同じことが言えます

か⁉」

「頭のヤバイ露出狂だな！」

パンツ穿いてるのは最低限のレベルなんだよ！　自慢《じまん》できることじゃないんだよ！

「それより、早く服着てこい！　試着くらいサッとしてくれよ！」

「了解です！　お任せください！」

やる気に満ちた返事をし、花鈴がまたカーテンを閉める。

そして数十秒後、再びカーテンが開けられた。

「先輩《せんぱい》先輩！　着替え終わりました――！」

「いや、なんでさらに脱《ぬ》いでんだよ――⁉」

見ると、花鈴は全裸《ぜんら》になっていた。さっきまでつけていた下着すらも取り払《はら》われて、慎《つつ》ましやかなシンデレラバストが露《あら》わになってしまっている。

「それは小さいながらもいやらしい、誰《だれ》もが顔をうずめたくなるような美乳であった」

「なに自分で描写《びょうしゃ》してんだよ！　ってか、マジでどういうつもりなのお前⁉」

「だって、これは男の人を誘惑する作戦なんですよね？　それなら可愛い服より全裸の方が効果的だと思いまして♪　どうですか？　興奮しましたか？」

「ただの痴女《ちじょ》じゃねーか！　早く服着ろ！　見つかったらホントまずいから！」

「天真？　花鈴がどうかしたの？」

「うわあああああああ！」

いつの間にか月乃と雪音さんが俺の近くに向かってきていた。急いで花鈴の試着室を閉めて、全裸姿の彼女を隠す。

「大丈夫？　天真君、すごく焦《あせ》ってるみたいだけど……」

「な、なななななんでもありません！　それより、服は選べましたか⁉」

「うん。今から着替えてくるね～」

「一応言うけど、覗《のぞ》くんじゃないわよ……？」

覗くどころか、自分から見せてくる人がすぐ近くにいるんですけどね……。

二人はそれぞれ花鈴とは別の試着室へ入る。そしておよそ一分後、ほとんど同時に雪音さんと月乃がカーテンを開いた。

「天真君、どうかな？　私たちの服」

「あんまジロジロ見ないでよ……？」

「おぉ……」

二人の格好に、俺は目を瞠《みは》った。

雪音さんの選んだ服は、ノースリーブのブラウスだった。ヘソ出し丈《たけ》で、胸元《むなもと》も大きく開かれたタイプ。そして下はダメージジーンズを穿いており、いつもの清純な雰囲気《ふんいき》の彼女とは違《ちが》う、セクシーな姿になっていた。

一方月乃は、フリルをあしらったポロシャツにバルーンタイプのスカートという、普段の派手な格好ではない、清楚《せいそ》な印象の姿だった。

二人とも俺の教え通り、いつもと違う自分の魅力《みりょく》を引き出していた。

「二人とも、すごくいいと思うぞ。印象も変わるし、相手も良い意味で驚くと思う」

「本当？　やったー！　天真君に褒《ほ》められたー！」

「ま、まあ……。これくらい当然だし……？」

無邪気《むじゃき》な感じではしゃぐ雪音さんに、照れたように顔を逸《そ》らす月乃。

しかし二人とも、服選びとか得意なんだな。特に月乃とか、普段からオシャレに気を遣《つか》ってそうだし。こういうセンスがあるのは羨《うらや》ましい。

なんてことを考えていると、もう一つの試着室が開いた。

「天真先輩っ！　今度こそちゃんと着替えましたよ！」

花鈴が試着室から出て、俺たちにその姿を見せつけてくる。

さすがに二人の姉がいる前で裸《はだか》を晒すはずもなく、今回の花鈴は服を着ていた。

だが……その服も正直、問題だった。

彼女が着ていたのは、かなりエグイVネックのTシャツだ。雪音さんのブラウスより、さらに胸元が開いている。さらに下に穿いているのは、とんでもない丈のミニスカートだ。太ももがほとんど見えてしまっており、普通に歩いているだけでも、パンツがチラ見えしそうな代物《しろもの》。この姿で外を歩くには、かなりの勇気がいる格好だ。

「どうですか〜？　花鈴の選んだ服は！　すごい魅力的じゃないですか？」

なんだか誇らし気に自分の姿を見せびらかす花鈴。誘惑しようとしているのか、俺の前でターンを決めたりする。

しかし俺を含《ふく》めた三人は、『えっ……？』って視線を花鈴に向けた。

「ねぇ……。花鈴のチョイス、さすがにちょっとエロ過ぎない……？」

「確かにそうかも……。花鈴ちゃん、ああいうの好みだったっけ……？」

月乃と雪音さんが、意外そうに話しだす。

うおおおい！　露出度高すぎるの選んだせいで、二人に驚かれてるじゃねーか！

「あっ……その……。たまにはこんな服もいいかなって……」

「いや、にしてもさすがにこれは無いって……。周りに変な目で見られるわよ……？」

「うん……。それとも花鈴ちゃん、本当はそういう服の方が好きとか……？」

なんかすごい訝《いぶか》しがられてるー！　すごく怪《あや》しまれてしまってるー！

「あ、あぅ……。ちょっと花鈴、元の服に着替えてきます！」

慌《あわ》てて試着室へ戻る花鈴。性癖《せいへき》がバレる前に逃《に》げたのだろう。

そんな焦った様子の彼女に、姉二人はさらに訝《いぶか》し気な視線を向けた。

※

「はぁ……。何とか無事に終わったな……」

トイレの洗面所で顔を洗い、俺は安堵《あんど》のため息を吐《つ》いた。

ショッピングデートの後も、俺たちはしばらく模擬《もぎ》デートを続けた。映画館で効果的な手のつなぎ方や甘え方を教えたり、ゲームセンターで男との上手な会話方法を教えたり。

途中《とちゅう》でまたいくつかのトラブルは発生したが、何とか今日の模擬デートで伝えたかったことは伝えた。肇さんから依頼された最低限の仕事はこなせたはずだ。

とりあえず今日は、こんなところでいいだろう。あとは帰宅するだけだ。

三姉妹たちは先に駅へ向かって待っているはず。早く合流しないとな。

そう思い、ハンカチで顔を拭《ふ》きトイレから出る。

すると、すぐに声をかけられた。

「あ、天真先輩。おかえりですっ！」

トイレの前に、花鈴が一人で立っていた。

「花鈴……。どうした？　まさかまた一人で露出プレイか……？」

「あはっ☆　残念ながら違いますよ〜。先輩のこと待ってたんです。実は、一緒に行きたいところがあって」

「行きたいところ……？」

「はい。それで、こっそり誘《さそ》いに来たんです。お姉ちゃんたちにはトイレ行くって嘘《うそ》ついて……。だから、ちょっとだけ一緒に来てくれませんか？」

「いや、でも……。月乃たちだって待ってんだろ？　あんまり遅《おそ》いと心配するんじゃ……」

「大丈夫《だいじょうぶ》です。そんなに時間は取らせませんから。それとも……やっぱり、ダメですか？」

不安そうに言い、上目遣《うわめづか》いで俺を見る花鈴。

そんな目で見られたら、さすがに無下にはできない……。

「わ、分かったよ……。でも、ホントに少しだけだからな？　あんまり二人を待たせても悪いし……」

「はいっ！　先輩、ありがとうございます！」

花鈴の表情が、本当に嬉《うれ》しそうに華《はな》やいだ。

「でも、行きたい場所ってどこなんだよ？　今日のデートで大体の所は回ったと思うが……」

「えへへ……。それは行ってのお楽しみです！」

そう言い、彼女は俺を引き連れて目的の場所へ連れて行った。

※

そして、俺たちがたどり着いた場所は——

「ここ、十八禁コーナーじゃねえか！」

そう。花鈴が俺を連れて来たのは、大型の書店。その一角にある、十八禁コーナーであった。何冊ものエロ本が棚《たな》にずらりと並んでいて、視界のほとんどが肌色《はだいろ》やピンク色で埋《う》め尽《つ》くされている。

「お前っ……どこに行くのかと思ったら……。せめてもっとマシな場所にしてくれ……」

「いいじゃないですか、エロ本コーナー！　花鈴はヴィクトリアの滝《たき》よりも、ヴェルサイユ宮殿《きゅうでん》よりも、ルーブル美術館よりも、十八禁コーナーに来たかったです！」

「世界の名所と欲望《よくぼう》のたまり場を同列に語るな！」

こいつの中でエロ本売り場ってどれほどの価値があるんだよ……。

「ってか花鈴、なんでわざわざ俺まで連れてきたんだ……？ここなら別に、一人でくればよかっただろ……？」

まさか、ここで露出行為《ろしゅつこうい》に付き合わせるためじゃないだろうな……？　だったら俺は速攻《そっこう》で帰るぞ……？

「あはっ。そんなに警戒《けいかい》しないでくださいよ～。ちゃんとした理由があるんですから」

「ちゃんとした理由……？」

「はいっ！　ちょっとだけ待っててくださいね？」

本当かよ……なんだか信用できないな……。

俺が訝し気な目を向けていると、花鈴は棚を物色し始めた。エロ本だらけの、女子なら普通《ふつう》は恥《は》ずかしがるか嫌悪《けんお》しそうなその棚を、楽しそうに眺《なが》める花鈴。

しばらくそれを続けると、彼女は一冊の本を抜《ぬ》き取った。

「見つけましたよ、天真先輩！」

花鈴がそれを俺に見せてくる。普通の少年コミックよりも大きくて分厚いエロ漫画《まんが》。その表紙には全裸で街中を徘徊《はいかい》する少女の姿が描《えが》かれていた。そしてタイトルは、『露出ノススメ』。なんだか、非常に見覚えがあった。

「あれ……？　この本って、確か……」

「はい、そうです。花鈴が描《か》いた作品です」

俺が気づくと同時に、花鈴が言った。

そうだ。これは前から花鈴が描いていたエロ漫画。出版社から依頼《いらい》が来て、本にするために努力を重ねていた作品だ。

「そうか……。本当に出たんだな、これ……」

「はい。ちょうど今日が発売日だったんです。それで、どうしても見てもらいたくて……。花鈴の本が、ちゃんと書店に並んでいるのを」

それでわざわざ、俺を連れてきてくれたのか……。

でも、こうして見ると本当にすごいな。知り合いの本がこうして書店に並ぶって、なんだかすごく刺激《しげき》的な気分だ。

「それと花鈴、先輩にお礼が言いたかったんです」

「お礼……？」

「はい。花鈴がこの本を出せたのは、先輩がいてくれたおかげですから……」

何のことかと疑問に思う。すると、花鈴が続けて語りだす。

「前に、花鈴の原稿《げんこう》がお姉ちゃんたちに見つかったことがありましたよね？　あの時に花

露出ノスス
あの日、あの時、あの場所で
僕たちはその少女に魅せられたんだ

鈴、本気で性癖を捨てようとしました。露出癖なんて、やっぱりおかしいんだと思って。それを基《もと》にえっちな漫画を描いているのも、誇《ほこ》れることじゃないんだと思って……」

皆《みんな》で一緒《いっしょ》に神宮寺家の別荘《べっそう》に行った時のことか。あの時花鈴は、改めて自分の性癖の特《とく》殊《しゅ》さに気づいて、本気で落ち込んでいたからな……。

「でもあの時、先輩が花鈴の背中を押してくれたから……花鈴の夢をまっすぐ応援《おうえん》してくれたから、この本を描ききることができたんです。こうして無事に本が出せて、幸せな気持ちになれたんです」

「花鈴……」

「もしあの時諦《あきら》めていたら、こんな気持ちを味わうことはできませんでした。だから、お礼が言いたかったんです。先輩のおかげで、花鈴の夢が叶《かな》ったから……」

花鈴が涙《なみだ》の滲《にじ》んだ綺麗《きれい》な瞳《ひとみ》で、俺の顔を見上げてくる。

「天真先輩……。本当にありがとうございます！」

そして、彼女は力強く言う。俺に深く頭を下げながら。

「どういたしまして……。それと、おめでとう」

俺はそんな花鈴の頭を撫《な》でながら、心からの祝福の言葉をかけた。

※

花鈴の本を見て書店から出た後、俺は彼女と一緒に急いで駅に向かっていた。

「やべーな、ちょっと遅くなった。月乃たち、怒《おこ》ってるかもな……」

「そうですね……。早く行きましょう」

俺がトイレを出てから、すでに二十分くらい経過している。これはさすがに待たせすぎだろう。『もうすぐ戻《もど》る』と二人にメッセージを送りつつ、小走りで駅へ向かっていく。

すると、途中で花鈴が言った。

「先輩。こっちの裏道を通ったほうが広場まで早く着きますよ！」

「お、マジか！　よく知ってるな！」

「さっきマップを見ましたから！　案内するのでついてきてください！」

花鈴が俺の前に出て、時折指示を出しながら走る。俺はそれに従って、彼女の背中を追いかけていった。

だが、途中でふと違和《いわ》感を抱《いだ》く。

この道……明らかに駅から遠ざかってないか……？

俺の方向感覚的に、花鈴は明らかに駅とは反対に進み続けている。このままでは近道どころか、いつまで経《た》っても目的の場所にはつかないだろう。

花鈴のやつ、道を間違《まちが》えたのか？　そう思って声をかけようとすると、ちょうど彼女が立ち止まった。

「あっ！　やっと着きましたよ、先輩」

そう言って俺に振《ふ》り向く花鈴。

しかしここは、どう見ても駅ではない。それどころか、今まで来たことのない場所だ。

周囲を見ると、辺りには西洋のお城のような建物が何棟《とう》も建ち並んでいる。その建物は煌《きら》びやかにライトアップされ、夜を迎《むか》えた都心の道をとてもきれいに照らしている。そしてどの建物にもその看板に『ＨＯＴＥＬ』の文字が記されていた。

俺の知識から判断するに……ここは、そういう大人の場所だった。

「お、おい……。花鈴……？　なんだ、ここは……？」

「えへへ……。分かっちゃいました？　そうです。ラブホ街ですよー」

少し恥ずかしそうにしながらも、可愛《かわい》らしい笑顔《えがお》で言う花鈴。でもその表情は、なんだかいつもの彼女とは違った。

「お、おいおい……。悪ふざけは止《や》めろって。なんでこんなとこに連れてきたんだよ……？」

「ちょっとした遊び心ですよ。この辺りはライトアップが綺麗だって聞いたので、ちょっと見てみたくなったんです」

遊び心って……絶対違う。絶対に何か別の意味がある。

「と、とにかく……。雪音さんも月乃も待ってるんだ。早く駅に戻らないと——」

「嫌《いや》です」

今来た道を戻ろうとすると、花鈴が俺の手を強く摑《つか》んだ。

「え……？」

「戻りたくないです。お姉ちゃんたちの所には……」

見ると、花鈴の表情からはさっきの笑顔が消えていた。

代わりにその顔は、真剣《しんけん》そのもの。いたって真面目《まじめ》な、必死な眼つきで俺をまっすぐ見つめている。

さらに彼女は、俺の目と鼻の先まで寄ってきた。

「ねえ、先輩《せんぱい》……。花鈴、ちょっと疲《つか》れちゃいました」

わざとらしく言い、俺の体に寄りかかる花鈴。そのまま、さらに腕《うで》を組んでくる。

「か……花鈴……？」

「せっかくですから、一緒に休憩《きゅうけい》しませんか？」

言葉だけ見れば、いたって普通なお誘《さそ》いのセリフ。

しかし、ここがどういう場所かを考えれば、その本当の意味が分かった。

「お、おい……。冗談《じょうだん》、だよな……？」

「いいえ……。冗談でこんなこと言いません」

縋《すが》るような俺の問いかけを、花鈴はきっぱりと否定する。

そして彼女は、覚悟《かくご》を決めたような表情を向ける。決意の籠《こ》もった声で語り出す。

「花鈴はもう、もたもたしていられませんから……。手段は選んでいられないんです。このチャンスをものにするために」

チャンス……？　一体、何のことだ……？

「天真先輩も知っての通り、花鈴はもうすぐ、お父さんの決めた相手と縁談《えんだん》をしないといけません。もしそこで話が決まったら、花鈴はその人と結婚《けっこん》することになるでしょう。たとえ花鈴の嫌な相手でも、家のために我慢《がまん》しないといけません」

「ああ……。そうだな。それは分かってる……」

「だからチャンスは今しかないんです。花鈴が、自分の好きな相手を選ぶチャンスは」

自分の好きな相手、だと……!?

「縁談がまとまれば、花鈴はその人と添《そ》い遂《と》げるしかなくなります。自分の意思で他の相手と――天真先輩と一緒にいられなくなるんです。だから花鈴は今の内に、先輩を落とさないといけません。たとえ、どんな手を使ってでも」

そこまで言われたら、さすがに俺も彼女の気持ちに気づかざるを得ない。

花鈴は、本当に俺のこと――

「それに先輩は、お姉ちゃんたちとも仲良しですから。何か花鈴の知らない秘密を、二人きりで共有するほどに……。油断してたら、お姉ちゃんたちに先輩のことをとられちゃいます」

花鈴の声が、不安そうに震《ふる》える。

きっと彼女は焦《あせ》っているんだ。望まない縁談を迫《せま》られた上に、姉が自分の好きな人と秘密を共有してると知って……。

「だからもう、花鈴は遠慮《えんりょ》なんかしません。また自分の夢を叶えるために――」

花鈴がその小さな両手で、俺の体に手を回す。

そして彼女は、力強く俺に抱《だ》き着いた。

※

「はぁ……はぁ……。あの二人、どこに行ったのよ……？」

アタシは広い街中を走り回りながら、ちっとも駅に戻ってこない天真と花鈴を捜《さが》していた。雪姉と二手に分かれて探してるけど、この辺りは結構広さがある。なかなか見つかる気がしない。

まったくもう……！　ほんと、どこで何してんのよあの二人！　さっき一度だけ天真から『もうすぐ戻る』ってライン来たけど、全然戻ってこなかったし！　こっちからメッセージ飛ばしてもあれから全然音沙汰《おとさた》ないし！

一応二人でいるみたいだから大丈夫《だいじょうぶ》だとは思うけど……事件にあってないかとか、色々心配しちゃうじゃん！

とにかく、早く見つけ出して一発蹴《け》りを入れてやろう。そう思い、繁華街《はんかがい》を駆《か》けていく。

ってか、この辺……よくよく見たらホテル街だし！　なんかいかがわしい感じのホテルがすごい勢いで建ち並んでるし！

さすがに、この辺には来てないでしょ……。そう思って引き返そうとする。

でもその時——路地の向こう側にある人通りの少ない道に、見慣れた人影《ひとかげ》を二つ発見。

「って、いた——！　天真と花鈴——！」

思わず二人の名前を叫《さけ》ぶ。そしてアタシは、すぐ二人の下《もと》に近づこうとした。

しかし、直前で思いとどまる。二人の様子がおかしい気がして。

次の瞬間《しゅんかん》――花鈴が天真に抱き着いた。

「えっ……！」

手を回し、遠目からでも分かるほど強く天真を抱きしめる花鈴。それは、いつも花鈴がやっているような甘える抱きしめ方じゃない。とても真剣な、想《おも》いのこもった抱擁《ほうよう》だった。

「っ！」

突然《とつぜん》、胸を冷たい何かに撃《う》ち抜《ぬ》かれたような感覚が走る。

アタシは咄嗟《とっさ》に、花鈴たちから目を逸《そ》らした。そして、その場から駆け出した。

足が痛むほど大地を蹴り、少しでも早く離《はな》れようとする。

な、なんで……？　なんでアタシは逃《に》げてるの……？　別に、何か悪いことをしたわけじゃないのに……。

自分でも自分の行動がよく分からなくなっている。

いや、でも……さすがにあの場には入っていけない。妹が男と抱き合ってる空間になんて、飛び込んでいけるわけがない。

そうだ……。だから、立ち去るのは普通《ふつう》だ。

まさかあのまま見続けるわけにもいかないし、急いで離れて正解なんだ。

ホントウニ……ソレデモイイノ……？

誰《だれ》かが、頭の中で囁《ささや》いた気がした。

直後、アタシは急に足を止めた。

「——！」

本当に、このまま見なかったことにしていいのだろうか……。そんな思いが、アタシの胸に湧《わ》き上がってくる。

きっと花鈴は、天真に想いを告げていたんだ。実際に聞いたわけじゃないけど、雰囲気《ふんいき》的に明らかだ。前から秘めていた天真への気持ちを、あそこで打ち明けていたのだろう。

なぜこんなホテル街を選んだか——人通りが少ないからなのか、それ以上の意味があるのかは、アタシには分からないけれど。

それに対して、天真は何と答えるだろうか……？　アイツは仕事のことがあるから、アタシたちに告白されても真面目に断るんじゃないかと思う。

でも……もしかしたら、花鈴の気持ちを受け入れるかも。彼女の想いを受け入れて、優《やさ》しく抱き返すかもしれない。

「天真……」

アイツがどんな選択《せんたく》をしようと、そんなのアタシには関係ない。……そんな強がりを言えないくらいに、天真を好きになっていた。

「でも……だからって、どうすれば……」

アタシは、花鈴に約束をした。花鈴の恋《こい》を応援《おうえん》すると。アタシのことを信頼《しんらい》して頼《たよ》ってくれた花鈴のことを、裏切るわけには絶対いかない。

だからアタシは、諦《あきら》めるしかない。いくら天真のことが好きでも、この気持ちを諦めるしかないんだ。

「うん……。そうだ。考えるまでもないことじゃん……」

やっぱり、このまま引き返そう……。今は二人をそっとしておいて、頃合《ころあ》いを見て迎えに行こう。

そう思い、来た道を戻《もど》ろうとする。でも——

「あ、あれ……？」

なんでだろう……。足が全然動かなかった。

ここから遠ざかろうとしても、一歩も足が前に出ない。足だけが急に重くなったみたいに、力を入れても動いてくれない。

「なんで……？　どうして動かないの……？」

さらにその時、頬《ほお》を冷たいものが伝う。

「えっ……？」

気づけば、アタシは泣いていた。両目から、ぽろぽろと水滴《すいてき》が溢《あふ》れてくる。

「な、なんで……？　どういうこと……？　あれ……？」

自分の体に一体何が起こっているのか、ますますわけが分からなくなる。

でも……すぐに気が付いた。

テンマカラ、ハナレタクナイ……。

「あ……」

頭の中で、また声が鳴る。

閉じ込めようとしたアタシの気持ちが、ポンと膨《ふく》れ上がったように。

その一言で、さらに涙《なみだ》が溢れてきた。

「アタシ……ここまで天真のことが好きだったんだ……」

私の頭は、天真のことを諦めるべきだと言っている。花鈴との約束を守るべきだと言っている。

それでもアタシの心と体は、天真のところに向かおうとしていた。天真を諦めきれないでいた。せっかく気持ちに蓋《ふた》をしても、すぐに思いが溢れてしまうほど。

もしここで天真を諦めたら、一生後悔《こうかい》するだけじゃない。アタシはこの先生きていく気力を、ずっと失ってしまうかもしれない。

　頭の中に浮《う》かんだ声が、そのことをアタシに教えてくれた。

「やっぱり……。アタシは行くしかない……！」

　天真のことを諦めるにしても、この思いだけは伝えないといけない。

　それを自覚してしまった瞬間。ふっと体が軽くなった気がした。

「花鈴、ごめん……。でも、後悔はしたくないから……！」

　踵《きびす》を返し、天真たちの下へ向かおうとする。

　今度はすぐに足が動いた。それと同時に、溢れていた涙も嘘《うそ》のように止まった。

※

「二人とも──────！　ちょっと待ったぁ────────っ！」

　花鈴が俺に抱き着いた、その後。

　俺が何も言えずに固まっていると、いきなり声が飛び込んできた。

「つ、月乃……!?」

「えっ……？　月乃お姉ちゃん……!?」

見ると、月乃が向こうの路地から走ってきた。なかなか戻らない俺たちを捜しに来たに違《ちが》いない。

「て……天真……。はぁっ……はぁっ……！」

走ったせいか息を切らして、俺を睨《にら》むように見る月乃。思わず背筋が冷たくなる。

「あ、あの……。月乃……！　違うんだ、これは――」

俺は慌《あわ》てて花鈴から離れて、なぜか浮気《うわき》現場を見られた男のように謎《なぞ》の言い訳をしようとする。

だがその声を遮《さえぎ》って、月乃が俺に向けて言った。

それも――頭を下げながら。

「天真……っ！　お願い！　花鈴とはまだ付き合わないで！」

『えっ……？』

謎の要求に、俺と花鈴が声を合わせた。

な、なんだ……？　まさか今の話、聞かれてたのか……⁉　にしても、なんで月乃がこんなことを頼《たの》むんだ……⁉

「お、お姉ちゃん⁉　なにそれ⁉　どういうこと⁉」

いきなりそんなことを言われ、当然花鈴が気色ばむ。

すると月乃は……とんでもないことを言い出した。

「だって……アタシも、天真を好きだから！」

「――っ！」

自分の耳が、一瞬信じられなくなった。

お、おい……。うそ……だろ……？

あの月乃が、俺のことを好き……？　あの、俺に反発ばかりしてた月乃が……!?

月乃が、俺に向き直る。

「ねえ、天真……。多分今、花鈴に告白されてたと思う……。でもその返事をする前に、アタシにも一度チャンスをちょうだい！」

「い、いや……。そんなことを言われても……」

だめだ。突然の乱入に、俺の天才的頭脳もついていかない。花鈴だけでもいっぱいいっぱいだったのに、その上こんなの処理しきれない！

「やっぱりお姉ちゃん、先輩《せんぱい》のこと好きだったんだ……！」

ふと、小声で何かを呟《つぶや》く花鈴。その直後。月乃に食ってかかった。

「ひどいよ、月乃お姉ちゃん！　応援してくれるって言ったのに！　どうして花鈴を裏切ろうとしてるの!?」

「ご、ゴメン花鈴……。本当にゴメン……！　でもアタシ、もう我慢《がまん》はできないの！　自分の気持ちに嘘はつけない！　気づいちゃった以上、想いを伝えずにはいられないから！」

「そんな……。だったら、なんで花鈴とあんな約束をしたの⁉　お姉ちゃんも先輩が好きなら、最初からそう言えばよかったのに！」

「そ、それは……最初はアタシも、自分の気持ちに気づけなかったの……。だけど、今ならハッキリ言える。アタシは天真のことが好き！」

「何それ⁉　全然分かんないよ！　結局横取りしようとしてるだけじゃないの⁉」

「そうかもしれない……。だとしても、この気持ちだけは本物だから！」

「あー！　開き直った！　月乃お姉ちゃん、最低だよ！」

怒《いか》りで顔を赤くする花鈴に、決意に満ちた目をする月乃。いつもくだらないことで小競《こぜ》り合いをしながらも結局仲のよかった二人が、本気でぶつかり合っている。

「花鈴、絶対負けないからね！　お姉ちゃんが相手でも、絶対に先輩は渡《わた》さないもん！」

「そんなのアタシも同じ気持ちだから！　いくら花鈴でも、天真のことは渡さない！」

二人が火花を散らして睨み合う。これはなんだか、すぐに止めないとマズイことになるような気がする……！

「あ、あの……。二人とも……？　いったんちょっと落ち着いたほうが――」

「天真は口を挟《はさ》まないで！」

「そうです！　ちょっと黙《だま》っててください！」

「はい……」

何この迫力《はくりょく》⁉　怖《こわ》っ！　逆らえる気がしないんだけど！

「大体、お姉ちゃんはズルイよ！　花鈴を応援するって言ったのに、天真先輩とこそこそ仲良くしちゃってさ！　今日一日見てたけど、月乃お姉ちゃんも雪音お姉ちゃんも、先輩と二人だけでいるときはなんだか様子が変だったもん！」

「そ、それを言うなら花鈴もじゃん！　今日だって、天真の前であんな卑猥《ひわい》な服を着たりして……。どうせ、天真を誘惑《ゆうわく》しようとしてたんでしょ⁉」

やっぱり二人とも、お互《たが》いの秘密に気づき始めてる！　不信感がマックスになってるせいか、怪《あや》しいことがあると気づいてる！

「それに、絶対アタシの方が天真を好きだし！　花鈴の気持ちになんか負けない！」

「なっ……！　だったら、証明してみてよ！　お姉ちゃんがどれだけ先輩を好きか！」

「えっ……⁉　証明……？」

「花鈴はすぐにでも証明できるよ！　先輩のことが大好きだって！」

言いながら、花鈴が飛びつくように俺の胸へしがみついてきた。まるで猫《ねこ》のように頬をこすりつけて甘えてくる。

「お、おい花鈴っ⁉」

「どう⁉　花鈴は街中でも気にせずイチャつけるほど先輩のことが大好きだよ！　こんなこと、恥《は》ずかしがり屋のお姉ちゃんにできる？」

いや、そもそも街中でイチャイチャするなよ！　普通《ふつう》に他人の迷惑《めいわく》だろ！

「うぐぐ……！　あ、アタシだってそれくらいできるし！」

しかも挑発《ちょうはつ》に乗った月乃が、俺を背後から抱《だ》きしめた。彼女の胸のムニュッと柔《やわ》らかい感触《かんしょく》が、俺の背中に伝わってくる。

いや、コイツ馬鹿《ばか》なの⁉　発情癖《へき》があるんだから自分からくっつくんじゃないよ！

「アタシだって、天真とイチャイチャできるから……！　はぁ……はぁ……！」

怒鳴《どな》りながらも息を荒《あら》くし、発情しそうになる月乃。

「だ、だったら花鈴はキスもしちゃうよ！　先輩にファーストキスを捧《ささ》げます！」

「それじゃあアタシは、それ以外の初めてもあげるから……。ふーっ……ふーっ……！」

「いや、やめろやめろ！　お前ら俺の意思を無視すんな！」

それと月乃はこんなところで性癖を出すなあああ！　大事な妹に秘密がバレるぞ！

このままじゃ、どんどん争いがエスカレートして、二人が勢いで何をしでかすか分からなくなる！　早く彼女たちを落ち着けないと！

でもこれ、どうやって収めればいいんだ……!?

「お姉ちゃん、いい加減諦《あきら》めて！　先輩は花鈴のものだから！」

「絶対ダメ……っ！　天真は、アタシと一つになるのぉ……！」

ヒートアップする姉妹《しまい》二人の争いに、俺は為《な》す術《すべ》もなく狼狽《うろた》える。いくら天才的な俺でも、こんな修羅場《しゅらば》への対抗《たいこう》策は全く思いつかなかった。

だがその時。心強い助っ人が現れる。

「ふ、二人とも!?　こんな所でなにしてるの!?」

「雪音さん！」

俺たちを捜しに来たのであろう、雪音さんがこっちに駆《か》けてきた。

彼女は俺を抱きしめながら激しく言い争う二人の様子に、ひどく驚《おどろ》いた顔をする。

「月乃ちゃんも花鈴ちゃんもダメだよ！　お願いだから落ち着いて！」

彼女の登場に、花鈴たちが「はっ」として俺から離《はな》れる。発情しかけていた月乃も、なんとか正気に戻《もど》ったようだ。

「二人とも、一体どうしたの……？　というか、ここがどういう場所なのか分かってるの!?　その……とってもえっちぃ場所なんだよ!?　こんな所に来ちゃダメだよ！」

周囲の煌《きら》びやかな建物や、ベタベタと体をくっつけて歩くカップルたちを横目に、雪音さんが訴《うった》える。

ドMな彼女も、さすがに少し恥ずかしそうだ。それに、可愛《かわい》い妹たちがこういった場所に近づくのは、やっぱり見過ごせないのだろう。

「皆《みんな》、どうしてこんな場所にいるの？　それに、二人は何を騒《さわ》いでいたの？」

「べ、別に……なんでもないわよ……」

「雪音お姉ちゃんには、関係ないもん……」

月乃と花鈴は誤魔化《ごまか》そうとして、雪音さんから顔を逸《そ》らす。

だが……。

「まさか……。天真君のこと、取り合ってたの……？」

二人を見て、雪音さんは状況《じようきよう》を察していた。

言い当てられた月乃たちが、驚いて雪音さんに向き直る。

「二人とも、本当に天真君に恋《こい》してたんだね……。でも、ああいうのはよくないよ。あんな風に争っちゃ、天真君を困らせちゃうでしょう？」

彼女は妹二人を真剣《しんけん》な顔で見つめながら、言い聞かせるようにして叱《しか》る。しかし——

「恋愛《れんあい》をするなら、相手に迷惑をかけないようにやらないと。争ったりコソコソしたりせず、もっと平和的にやらなきゃダメだよ？」

「そんなこと言って……雪姉だって最近天真と怪しいじゃん！」

「え……？」

珍《めず》しく、月乃が雪音さんに反抗《はんこう》した。

「月乃お姉ちゃんの言う通りだよ！　雪音お姉ちゃんだって、天真先輩とイチャついてるもん！」

「アタシ、前に見たからね？　雪姉が天真と台所で、こっそりイチャイチャして楽しんでたの……。本当は雪姉も天真のことを好きなんでしょ？」

「あ、いや……、それは……！」

予想しなかったであろう反論に、雪音さんが言葉を詰《つ》まらせる。

「わ、私は別に、天真君のことは……」

「そんなの嘘《うそ》じゃん！　なんとも思ってない相手を抱きしめたりできるわけないし！」

「もしかして雪音お姉ちゃん……。花鈴たちを油断させて、後で抜《ぬ》け駆《が》けするつもり⁉」

「そ、そんなことないよ！　抜け駆けなんて──」

「悪いけど信用できないわね……。絶対雪姉も天真を好きだし」

「さあ、白状してよお姉ちゃん！　花鈴たちにはお見通しなんだよ⁉」

「う、うぅ……。そんな……」

妹二人の追及《ついきゅう》に、雪音さんが涙目《なみだめ》になる。

「お、おいお前ら！　いい加減にしろって！」

それを見て、さすがに黙っていられなくなった。勇気を出して争いに割り込む。

「雪音さんまで俺なんかを好きになるわけないだろ!?　さすがに思い過ごしだって！」

月乃と花鈴が二人とも俺に惚《ほ》れただけでも十分異常事態なんだ。さらにその上があるわけない。

「それに、本人も違《ちが》うって言ってるじゃねえか。それを二人がかりで責めるんじゃねーよ！ねっ、雪音さん。そうですよね？　俺なんか、好きじゃないですよね？」

「うぅ……。ごめんね……？　天真君……」

「謝ることなんてないですよ。俺なんかただの凡人《ぼんじん》ですし。好きになる方がおかしいですから」

「ううん……。違うの……。そうじゃないの……」

雪音さんが、俺を見て首を横に振《ふ》る。

えっ……？　そうじゃないって、どういうことだ……？

「そっか……。二人にはバレちゃってたんだね……。そこまで言われたら、白状する……。

私の本当の気持ちを……ここで」

雪音さんが俺の目と鼻の先まで近づいて来た。そして、俺の手を両手で握《にぎ》る。

お、おい……まさか……。この流れって……！

「私は……私だって、本当は天真君のことが好き！」

「えええええええ!?」

雪音さんが勢いに任せて、衝撃《しょうげき》発言をぶちかましやがった！

「やっと本音を言ったわね、雪姉……」

「やっぱり、そうだったんですね……」

月乃と花鈴が、敵意を込めた目で雪音さんを見る。

雪音さんも俺から視線を外し、彼女たちの視線を受け止めて話す。

「だけどね……？　私は最初、天真君への気持ちを我慢《がまん》するつもりだった……。長女として、お父さんが決めた縁談《えんだん》で責任を果たさなきゃいけないし、何より二人が天真君を好きなのは、なんとなくだけど分かってたから。だから私は天真君に気持ちは伝えずに、皆のことをこっそり見守るつもりだった。……でも！」

次の瞬間《しゅんかん》。雪音さんが急に俺に抱き着いてきた。えっ……？

「でも、もうダメ！　みんなに……天真君に気持ちを知られちゃった以上、もう我慢なんてできないもん！」

「ゆ、雪音さんん⁉　ちょっ、離してくだんんっ⁉」

俺の後頭部を抱きかかえ、胸を押し付けるようにする雪音さん。力強い弾力《だんりょく》と柔らかさのある爆乳《ばくにゅう》が、俺の顔をムニュンと受け止める。

「ちょっと、雪姉！　アタシの天真から離れてよ！」

「違うよ！　花鈴の先輩《せんぱい》だよっ！」

花鈴が俺を、月乃が雪音さんを引っ張って、俺たちを引き離そうとする。

「ダメッ！　私も天真君が好きだから！　もう誰《だれ》にも渡したくないからっ！」

しかし雪音さんは俺を強く抱き、決して離そうとはしない。結果、俺の体が締《し》め付けられるように痛たたたたたた！

「ちょっ、やめっ！　みんな、痛いって！　頼《たの》むから一回離れてくれよ！」

『天真（君）（先輩）は黙ってて！』

「はい……」

ねえ、俺って当事者じゃないの？　どうして黙らされてるの？

「ってか、ちょっと待って……。今思ったんだけど、アタシたちが争ってても何の意味もないんじゃない？」

「うっ……。確かに、お姉ちゃんの言う通りかも……」

「そうだね……。やっぱり、力ずくで奪《うば》うなんてできないし……」

そう言い、一度俺から離れる三人。そして俺のことをじっと見つめる。

あ、ヤバイ。なんか背筋が凍《こお》りそう。離れてくれたのはいいけれど、恐《おそ》ろしいことが起こりそうな気がする。

「天真っ！」「天真君！」「天真先輩！」

三人が同時に俺を呼ぶ。そして――

『私たちの中で誰が好き⁉』

ストレートに聞いてきやがった。

「い、いや……あの……。そんなこと突然《とつぜん》聞かれても……」

「天真は結局、誰が好きなの⁉ アタシ？ 雪姉？ それとも花鈴？」

「当然、花鈴が好きですよね⁉ いつも可愛がってくれますもん！」

「ううん！ 天真君は絶対、私を選んでくれるはずだよ！ この手作りのネックレスに誓《ちか》って！」

雪音さんが首元に下げていた、俺のプレゼントをみんなに見せた。

「はあっ⁉ 何それ⁉ 天真、いつの間に雪姉だけにプレゼントしたのよ⁉」

「せ、先輩！　花鈴にもプレゼントください！　具体的にはキスがいいです！」

「ちょっ、待て待てみんな！　争うなって！」

再び言い争いを始めそうになる三人を止める。

「そもそも俺が誰を好きかとか、そんなことは関係ないから！　お前らには正式な相手がいるだろう！」

そう。三姉妹が付き合うべきなのは肇さんが決めた縁談相手だ。決して貧乏人《びんぼうにん》の俺なんかじゃない。名家の立派な男と付き合い、幸せを掴《つか》むべきなのだ。

「いいえ！　花鈴はお見合いなんてしません！　知らない男性と付き合って媚《こ》びを売るなんてゴメンです！」

「アタシもお見合いなんて嫌《いや》！」

「わ、私は長女の責任があるけど……。それでも、天真君と一緒《いっしょ》にいたい！」

しかし全員、俺の言うことを一切《いっさい》聞く気は無いらしい。縁談を無視して俺と付き合う気満々だった。

これはまずいぞ……。このままじゃ、三人とも俺のせいで道を踏《ふ》み外してしまう……！

ここはハッキリ断らないと！

「だからダメだって！　俺は立場的にお前らの誰とも付き合えないから！　俺の役目は、

お前らが立派な名家の嫁《よめ》になれるよう、サポートすることなんだからな⁉」

たとえ三人が俺のことを好きでも、俺はその気持ちに応えられない。そのことをきっぱりと伝えておく。

だが――

「それなら、先輩を花鈴に惚れさせるまでです！　役目なんて忘れるほどに！」

コイツ全然諦《あきら》める気ねぇ――！　全く話が通じねぇ――！

「ちょうどここはホテル街ですし……花鈴の体で、先輩をメロメロにしてみせます！」

「させないわ！　だったらアタシが先に天真を落とすから！」

「ううん、二人じゃ力不足だよ！　ここは私が天真君をリードするんだから！」

あれ……？　これしかも、ヤバイ流れじゃね？

姉妹《しまい》全員俺のことをホテルに連れ込もうとしてね？

「天真先輩、早速《さっそく》花鈴とイチャイチャしましょう！」

「天真！　アタシ、初めてだけど頑張《がんば》るから！」

「天真君！　たくさんご奉仕《ほうし》してあげるからね！」

『一緒にホテルに入りましょう！』

うん。これダメだ。アカンやつや。

このままここにいたら、襲《おそ》われる。俺は身の危険を感じ取り、三姉妹たちに背を向ける。

そして、人間業《わざ》とは思えない速度で駆《か》け出した。

「先輩⁉　待ってくださいよ！」

「あっ、ちょっと——！　待ちなさいよ、天真——！」

「天真君！　怖《こわ》がらないで戻《もど》ってきて——！」

三十六計逃《に》げるに如《し》かず。

皆《みんな》の怒号《どごう》を完全に無視し、俺は一人で駅へと向かった。

※

「なんだか、とんでもない目に遭《あ》ったな……」

俺はあの後、三姉妹たちの告白を振り切り、神宮寺家に逃げ帰った。

当然三人はまだ帰っていないが、帰宅時間にそこまで差は生まれないだろう。もうすぐ帰ってくるはずだ。

その前に俺は、自室の扉《とびら》にバリケードを築く。三姉妹たちが帰ってきても部屋に入ってこられないよう、椅子《いす》や本棚《ほんだな》で自室を塞《ふさ》ぐ。

安心し、肉体的にも精神的にも疲《つか》れ切る俺。そして、逃げるようにベッドに入った。

「はぁ……はぁ……。さすがに、これで大丈夫《だいじょうぶ》だろ……」

しかし、今日は本当に驚《おどろ》いたな……。まさかあの三人が全員、俺に好意を寄せてただなんて……。

「……っ」

考えると、一気に頬《ほお》が熱くなった。きっと今、俺の顔は真っ赤になっていることだろう。

なんかもう……正直ヤバイ。ハッキリ言って――死ぬほど嬉《うれ》しい……！

女子から本気であんな風に告白されるなんて、人生で初めての経験だ。それも、あんな美少女三人から同時に……。よほどのイケメンでも、こんな経験はまずないだろう。

あの時はとにかく驚いたが、思い出してみるとなんだか顔がにやけてしまう……。

「――って、馬鹿《ばか》！　何を浮《う》かれてんだよ俺は！」

そうだ……。俺はあくまで仮の夫だ。立場上、一緒になることは許されない。俺が彼女たちに恋心《こいごころ》を抱くことはもちろん、その逆も絶対に許されないのだ。それに俺なんかと付き合っても、三姉妹のことを幸せにできるわけがないし。

彼女たちには申し訳ないが、俺のことは諦めてもらうしかない。それも、できるだけ早急《さっきゅう》に。

『三姉妹が全員俺に惚《ほ》れたせいで縁談を破棄《はき》したがっている』、なんてことが肇さんに知れたら、俺が三人を誑《たぶら》かしたかと思われるからな……！　例の縁談が行われる前に、彼女たちには諦めてもらおう。

「よし……。明日会ったら、ちゃんと告白を断ろう……」

さっきは思わず逃げてしまったが、本来ならば我慢《がまん》強《づよ》く断り続けるべきだったんだ。アイツらの気持ちが冷めるまで、振り続けなきゃダメだった。

そうすれば三人は俺なんか忘れて、縁談相手に集中できる。その方が彼女たちは幸せになれる。

それに、俺は恋愛《れんあい》になんか興味ないしな。三姉妹のことも、異性として好きなわけじゃない。確かに彼女たちは魅力《みりょく》的だと俺も思う。可愛《かわい》いし綺麗《きれい》だし変態だけど性格はいいし、一緒に住んで分かったけど皆それぞれ思いやりがあるし。でも、決して好きなわけじゃないし。マジだし。

そもそも、俺が好きになった相手なんて、子供の時の初恋《はつこい》の子くらいのものだ。それ以来一度も恋愛はしてないし、しようとも全く思わない。

だからあの三姉妹たちに、心動かされるなんてあり得ない。そう……あり得ちゃいけないんだ。

「はぁ……。一度、冷静になるか……」

ベッドから起き上がり、クローゼットの戸を開ける。それは心を落ち着かせるためだ。

というのも、この中には俺が昔、初恋の子からもらった手紙が入っている。以前、月乃にも話したあの女の子。俺が小学生になる前に、勉強を教えてもらったり一緒に遊んだりした少女。

その子の手紙は、俺にとって一種の精神安定剤《ざい》だ。疲れた時や何かに悩《なや》んだ時に見ると、なんだか不思議と心が落ち着く。昔のことを思い出し、穏《おだ》やかな気分にさせてくれる。だからこの仕事を引き受けた時、わざわざ我《わ》が家から持ってきたんだ。

とりあえずそれを見て、また心を落ち着かせよう。

クローゼットの中を漁《あさ》り、年月が経《た》ってよれよれになった封筒《ふうとう》を取り出す。そして古くなった手紙を開いた。その内容は、女の子との古い約束。

『けっこんとどけ：わたしは大きくなったらぜったい、てんまくんとけっこんします』

可愛らしい字で、大きくなったら俺と結婚《けっこん》するという、幼い約束が書かれている。

「ははっ……。ほんと、懐《なつ》かしいな……」

やはり、これを見ると気持ちが落ち着く。色々考えて疲れていた頭も、癒《い》やされて冴《さ》えてくるようだ――

「……あれ？」

その時、ふと違和《いわ》感を抱《いだ》いた。この手紙に書かれている文字に。

「この字体――なんか、最近どこかで見たような……」

目を近づけて、その字をもっとよく見てみる。拙《つたな》くて丸っこい、可愛らしい字をよく見てみる。

そして、はっと気が付いた。

この手紙の文字は明らかに、三姉妹たちの文字に似ていた。

第三章　修羅場《しゅらば》はいつもエロやかに

カーテンの隙間《すきま》から穏やかな日が差し込んできて、朝が来たことを実感した。

「……………はぁ」

布団《ふとん》を摑み、ゆっくり上半身を起き上がらせる。そんな俺の顔は、さぞかしげっそりしているだろう。

昨晩は、結局一睡《いっすい》もできなかった。三姉妹の告白のことを延々と考え続けてしまい、ちっとも眠気《ねむけ》がやってこなかった。

彼女たちが俺に想《おも》いを告げたシーンが勝手に頭に浮かんできて、それを打ち消しながらどんな言葉で想いを断ろうか考える。そして彼女たちを振《ふ》る決意を固めて改めて寝《ね》ようと思ったら、また三人の告白が頭に浮かぶ。そんなことの繰《く》り返しだった。

その上、もう一つできた気がかりなことも、俺の頭を悩ませる。

あの三姉妹の中の誰《だれ》かが、俺の初恋の人かもしれない……。

いや、頭では分かっているんだ。そんなことはあり得ないと。いくら手紙の筆跡《ひっせき》が三姉妹のものと似てるとは言え、そんなのは偶然《ぐうぜん》でしかないと。初恋の少女に焦《こ》がれる気持ちが、あの三姉妹たちに向いてしまう。

だけど……心が勝手に気にしてしまう。

その結果、彼女たちの告白を意識する気持ちが、より俺の中で大きくなって……。

「うわ、やめろ！　ダメだ！　そんなこと考えてちゃいけない！」

そういうことを考えていたら、変に彼女たちへの好意が募《つの》ってしまう。それは非常に良くないことだ。俺はどうあっても、彼女たちを好きになるわけにいかないのだから。

「……とりあえず、そろそろ起きるか……」

俺が今するべきことは一つ。三姉妹たちと話をして、彼女たちをきっぱり振ることだ。

気乗りしないし緊張《きんちょう》もするが、仕事を果たすためには必要なことだ。しっかり成し遂《と》げないといけない。

時刻を見ると、もう八時過ぎ。この時間なら、もう三人は起きてリビングにいるハズだ。

俺は昨晩設置したバリケードを寝起《ねお》きの体でどけていき、扉を使えるようにする。

そして彼女たちと話し合う覚悟《かくご》をし、部屋の外へと出ていった。

「天真《てんま》！　おはよう！」

「おはようございます、天真先輩《せんぱい》！」

「天真君おはよう！　よく眠《ねむ》れた？」

三姉妹《しまい》たちが全員揃《そろ》って、俺のことを出迎《でむか》えていた。

「なっ⁉」

ま、まさか……。部屋の前で待ち構えているとは……っ！

彼女たちの顔を見た瞬間《しゅんかん》、心臓がドクンと大きく跳《は》ねる。緊張や羞恥《しゅうち》、昨日逃げてしまった罪悪感など、あらゆる気持ちがごちゃ混ぜになる。

おそらく皆、昨日のことを改めて話しに来たのだろう……。不自然なほどの満面の笑《え》みを、三人とも俺に向け続けている。

や、ヤバイ……！　不意打ちのせいで覚悟が揺《ゆ》らぐ……。でも、ちゃんと言わないと！

言いにくいが、彼女たちの求愛を断らないと――

「天真、どうしたの？　なんか元気ないみたいだけど」

「えっ⁉　いや……別に、そんなことはないぞ……⁉」

「ホント？　それなら早く朝ご飯食べよ？　アタシお腹《なか》すいちゃった」

「今日のご飯は和定食だよ～。気に入ってくれると良いんだけど」

「先輩！　早く下に行きましょう！」

三姉妹たちが俺を誘《さそ》って、リビングへと下りて行く。

「あ、あれ……？」

なんだか、三人の態度が予想と違《ちが》うぞ……？

てっきり、すぐに昨日のことについて返事を求めてくると思っていたが、全然そんな様子はない。彼女たちがその話題に触《ふ》れたら即《そく》断ろうと思っていたが……なんだか、拍子抜《ひょうしぬ》けしてしまう。

もしかして、諦《あきら》めてくれたのだろうか……。好意を寄せる女子から逃《に》げ出す情けない俺の姿を見て、みんな愛想《あいそ》をつかしたのかも。

そ、そうか……。そういうことなのか……。だとしたら俺も安心だ。これで彼女たちも縁談《えんだん》に集中してくれることだろう。

いや、でも……。だとしたらなんで、わざわざ部屋の前で俺を待ち伏《ぶ》せしてたんだ……？

※

彼女たちに続いて一階のダイニングへ行くと、すでに朝食が用意されていた。瑞々《みずみず》しく炊《た》けた白米に、湯気が立ち上るお味噌汁《みそしる》。しっかりと出汁《だし》で浸《ひた》したほうれん草のおひたしに、ふわとろに焼けただし巻き卵。そして鮭《さけ》の塩焼きだった。

「シンプルだけど、頑張《がんば》って作ったんだよ〜。食べて？」

「いつもすみません。いただきます」

自分の席に座る俺。三姉妹たちもいつも通り、自分の定位置に腰《こし》かける。俺の前に雪音《ゆきね》さん、隣《となり》に花鈴《かりん》、そして斜向《はすむ》かいに月乃《つきの》という位置。

そして俺が箸《はし》を持ち、早速《さっそく》食事を始めようとすると――

「はい、天真君。あーんして？」

雪音さんがだし巻き卵を箸でつまんで、俺の口元に差し出してきた。

「え……？」

とてもにこやかな表情で、卵を食べさせようとする雪音さん。

すると今度は他の二人も、それぞれ箸を差し出してくる。

「ねぇ、天真。卵より魚の方が好みでしょ？　アタシの焼き鮭少し食べていいわよ？」

「それよりも、野菜から食べる方が健康的です。花鈴のおひたし、一口どうぞ♪」

「え……え……？」

三方向から同時に箸を突《つ》き出され、俺は困惑《こんわく》してしまう。

その上、何だか険悪なオーラが三人の体から立ち上る。

「……ねえ、二人とも。このご飯は私が作ったんだよ？　私が天真君に食べさせてあげる権利があると思うんだけど」

「誰が作ったかなんていうのは、この際些細《ささい》な問題だよ。重要なのは、先輩が誰に食べさせてもらいたいかでしょ？」

「それなら当然アタシよね。天真の顔見れば分かるから。アタシがいいって言ってるし」

睨《にら》み合い、火花を散らす三姉妹たち。うん。これなんかヤバイ気がする。

「月乃ちゃんは、都合のいい解釈《かいしゃく》してるだけだよね？　天真君は私に甘えたがってるんだからね！」

「いや、甘えたがってませんからね！　嘘《うそ》言わないでくださいよ！」

「はい、先輩。あーんしてくださいね♪」

「花鈴もちょっと待ってくれ！　お前たちは何考えて――」

「あっ、抜《ぬ》け駆《が》けしようとしないでよ！　だったらアタシは――んっ、どうぞ……」

「いや、なんで鮭を口に含《ふく》んだ!?　なんで口移ししようとしてんの!?」

まさかコイツら、本当に俺を惚《ほ》れさせるつもりなのか……？　俺を惚れさせて付き合うために、モーションをかけてきているのか……!?

きっと昨日の俺の様子を見て、告白するだけじゃ俺を落とせないと思ったのだろう。そこで本当に、惚れさせるための行動に移ったというわけか。

「天真君？　どうしたの？」

「遠慮《えんりょ》しなくていいんですよー？」

「はい、天真。あーんして？」

三人が優《やさ》しく俺に食事を食べさせようとしてくる。天使のような可愛《かわい》らしい笑顔《えがお》で、俺に箸を向けてくる。しかしそんな笑顔の裏には、明らかに姉妹同士の争いがあった。

おいおいおい！　これ完全に修羅場じゃねーか！　三人で俺を取り合ってんじゃん！

ダメだ。こんなことを続けさせるわけにはいかない。だってこいつら、全員縁談を控《ひか》えてるんだぞ。この状況《じょうきょう》で他の男に夢中になっていいわけがない。

早く三人にこんな誘惑《ゆうわく》は止《や》めさせないと。そしてこんなことをもうしないよう、俺のことを諦めさせないと！　俺だって絶対、彼女たちと付き合うわけにいかないんだから。

でも……！

「う、うぐっ……！」

なぜか、どうしても強く否定ができない……！

昨日までの俺なら、はっきりと断れていたはずだ。「こんなことできるか！」と拒絶《きょぜつ》して、言いにくいながらも、告白の返事をしていたはずだ。自らの役割を、しっかりと果たしきるために。

でも今は――彼女たちの好意を断ろうとすると、手紙のことが頭をよぎる。

どうしても彼女たちのことを、異性として意識してしまう。

俺に全力で甘える花鈴の子犬のような可愛らしさに、優しくて気が回る雪音さんの思わず甘えたくなる魅力《みりょく》。そして普段《ふだん》はツンとしてるけど、実は俺を好いていた月乃のいじらしさ。

あの手紙を見たせいで、今まで以上に三姉妹たちの女性的な魅力を感じてしまう。そして彼女たちが向けてくる好意を、無視できないようになっていた。

実際、すげードキドキするし！　ご飯を「あーん」してもらう。それだけのことで、なぜだか胸が高鳴ってくる。顔が燃えるように熱くなる！

「ぐっ……！　うおおおお！　でも、ダメだああああ！」

叫《さけ》び、自らを奮い立たせる。鉄の理性を呼び戻《もど》す！

「三人とも、いいか!?　俺の仕事は、皆《みんな》が立派な嫁《よめ》として名家に嫁《とつ》げるようにすることだ！　だから、どれだけ皆が慕《した》ってくれても、俺はお前らとは付き合えないんだ！」

何とか拒絶の言葉を口にする。

「お前らには、もっとふさわしい人がいる！　だから、俺のことは諦めてくれっ！」

「……嫌《いや》です」

えっ……。

「花鈴たちは、縁談なんか望んでませんから！　それよりも自分の恋《こい》を貫《つらぬ》くために、絶対に先輩を落とします！　先輩を虜にしてみせます！」

「大体、もっとふさわしい人とかいないから。アタシたちは天真がいいんだもん」

「そうだよ！　私たち全員、天真君のことが好きなんだから！」

こいつら、一歩も引く気がねぇ！

この三人、思った以上に意志が固いぞ……！　これはいくら俺が断っても、誘惑を一切《いっさい》やめないつもりだ。俺が三人の誰かに落ちるまで、この修羅場《しゅらば》を継続《けいぞく》するつもりだ！

「それとも、天真先輩は花鈴たちのことが嫌《きら》いですか？　恋人《こいびと》になんてできないですか？」

「なっ……！」

花鈴がとても不安そうな、しかし覚悟を決めた目で俺に聞いてくる。他の二人にも、同じような目で見つめられた。

ここで俺が「そうさ、嫌いだ！」「お前たちなんか恋愛《れんあい》対象として見れないね！」と言えば、すぐに修羅場は終わるかもしれない。みんな俺を諦めて、縁談と向き合う覚悟を決めてくれるかもしれない。

しかし……どうしても、今の俺には言えなかった。彼女たちを魅力的な異性として意識してしまっている今、そんな返事は心が許してくれなかった。

「ぐっ……！　うおおおお！」

その代わりに……俺は自分の皿に盛られている料理を、急速に口へ運んでいった。

「あっ！　ちょっと天真!?　いきなりなんなの!?」

呆気《あっけ》にとられる彼女たちをスルーして、味わう暇《ひま》もなく自分の料理を食べきる俺。

そして三姉妹たちが向けてきた箸をスルーして、俺は席から立ち上がった。

「いいかお前ら!?　俺は絶対にお前たちと付き合わないからなっ！」

ただそう言って部屋へ逃げるのが、俺にできる唯一《ゆいいつ》のことだった。

※

「くそっ……！　俺はどうしちまったんだ……！」

俺はベッドに座りながら、ついさっきのことを猛省《もうせい》していた。

花鈴からのあの質問……。間違いなく俺は、アイツらを嫌いだと言うべきだった。それが肇《はじめ》さんからこの仕事を引き受けた、俺のこなすべき義務だった。

それなのに、俺は自分の気持ちに嘘をつけなかった。

ハッキリ断ろうと思っていたのに、いざとなると言い出せない……。そんな自分に、無《む》性《しょう》に腹が立ってくる。今までの俺なら、ちゃんと言えていたはずなのに……！

と、その時。不意に部屋の扉《とびら》が開いた。

「!?」

驚《おどろ》いて顔をそちらへ向ける。

「ねえ、天真……。今、少しいい……？」

月乃がしずしずと俺の部屋に入ってきていた。

「つ、月乃……。入るなら、せめてノックくらいしてくれよ……」

「ごめん……。どうしてもすぐに話したいことがあって……」

話したいこと……。そう聞き、身構えてしまう俺。先ほどのこともあり、嫌な予感を抱いてしまう。

しかし彼女は、沈痛《ちんつう》な面持《おもも》ちで言い出した。

「えっと……。天真、さっきはゴメン」

「え……？」

「さっきの朝食の時のこと。あんなことされても天真は困るだけだよね？」

予想と違《ちが》い、彼女は静かに頭を下げる。てっきりまた何か仕掛《しか》けてくるかと思いきや、まさかの謝罪をするだけだった。

「月乃……」

ひょっとして、コイツは分かってくれたのか？　俺が困っていることを。どれだけ俺に告白しても、決して付き合えないことを。

「本当にゴメンね……。あんな誘惑、もうしないから……」

「い、いや……。そんなに謝《あやま》らないでくれ」

分かってくれればそれでいい。俺は顔を上げてもらおうと、月乃の側《そば》に寄ろうとする。

すると彼女は、さらに続けた。

「これからは、もっと思い切って天真を誘惑してみせるから」

「ゑ？」

月乃の言葉に呆気にとられる。

すると彼女は、突然《とつぜん》上着を脱《ぬ》ぎだした。

「なっ……！　おい、月乃!?」

「こんなことするの、恥《は》ずかしいけど……。アタシの胸、ちゃんと見ててよね……？」

そう言い、水色のブラを晒《さら》す月乃。さらに彼女は、自分で自分の下乳を摑《つか》んで押し上げ始める。タプンタプンと胸が揺《ゆ》れ、その大きさが強調される。

「ど……どう？　天真……。アタシの胸、そこそこ大きいでしょ……？　それに、柔《やわ》らかいんだから……」

「い、いや……！　お前何してんの⁉　どういうつもりだ⁉」

まさか、また発情し出したのか⁉　いや、その感じとは少し違う。言葉遣《ことばづか》いも普段通りだし、多分月乃はまだ正気だ。

でもだとしたら、余計にどういうことだよ⁉　もう誘惑しないって言ったのに！

「うぅ……顔から火が出そう……！　でも、あんな中途半端《ちゅうとはんぱ》な誘惑じゃ、天真に我慢《がまん》する余地を与《あた》えちゃうもんね。だからアタシ、これからはとことん誘惑する。天真に我慢なんてさせないように。仕事のことで遠慮なんかしないで、天真がアタシを襲《おそ》えるように」

いや、そういうことおおおお⁉『あんな誘惑、もうしない』って、『もっと激しくヤリます』ってことか――――い！

「いや、ダメだって！　誘惑自体が許されない行為《こうい》なんだからな⁉」

「でも天真もさっき、アタシたちに迫《せま》られて凄《すご》くドキドキしてたじゃん……」

「そ、それは……っ！」

「アタシたちのこと嫌いって言いきれなかったし、可能性もあるってことでしょ……？　だったらアタシ、止《や》めないから」

そ、そんな……！　俺の心情も迷いも全部、月乃に見透《みす》かされてしまっている⁉

「それとも、これじゃまだ足りない……？　じゃあ、こっちも見せてあげる。すごい恥《は》ずいし、照れるけど……！」

スカートの中に手を入れる月乃。そして穿《は》いていたパンツを脱いだ。

レースの付いた真っ赤なパンツが、月乃の足元に落とされる。

「⁉」

そのままスカートの裾《すそ》をつまみ、ピラッとわずかにたくし上げる。もう少しで何も穿いていないスカートの中が見えるだろう。

「ねぇ、天真……。見たい……？　アタシの、一番えっちなところ……」

「や、やめろバカ！　パンツを戻せ！　頼《たの》むから！」

「天真の彼女になる為《ため》なら、アタシなんでもできるから……。死んじゃうくらい恥ずかしいけど、天真が望むなら全裸《ぜんら》にもなれるし、どんなにえっちなプレイもできる。この体は全部、天真だけのために捧《ささ》げたい……」

今までの月乃からは信じられないようなセリフが、彼女の口から次々と飛び出す。

「天真の性欲、全部アタシにぶつけていいから……。だから、アタシだけを見て……？」

燃え上がるように真っ赤になった顔を向け、切実な表情で訴《うった》える月乃。だが……。

「そんな風に言われても、俺はお前とは付き合えないぞ！　それに、早く止めないとマジで発情癖《へき》が出て……」

「いいよ……。そうすればもっと大胆《だいたん》に、天真を誘惑《ゆうわく》できるから……」

こいつ、発情癖を武器にして俺を誘惑する気なのか⁉　あれだけ嫌ってた性癖を、自ら利用する気なのか⁉

「天真……。アタシのこと、好きに使っていいから。アタシでえっちなことをして？」

月乃がさらにスカートをたくし上げ、自らの秘部を晒してきた。

「っ！」

俺は慌《あわ》てて目を逸《そ》らす。月乃のやつ、本気で俺を誘惑する気だ！

「はぁ……はぁ……。天真ぁ……見るだけじゃダメ……？　それじゃあ……もっとすごいこと、しよ……？」

月乃がゆっくり、俺の方へと近づいて来る。熱く深い吐息《といき》が伝わってきて、彼女が発情しかけているのが分かる。

それに伴《ともな》い、俺の心臓も騒《さわ》ぎ出した。月乃の女性的な魅力《みりょく》――漏《も》らす吐息の甘さや、さっき一瞬《いっしゅん》見えてしまったムッチリとした太ももの白さに、強い情欲を呼び起こされる。

今までこんなことはなかったのに、彼女のことを異性として強く意識してしまっている今、どうしても性的な目で見てしまう。

「……っ！」

無意識に生唾《なまつば》を飲み下す。体中が熱くなり、自分が興奮してるのが分かる。そしてあまりの緊張《きんちょう》で、体の自由が奪《うば》われてしまう。

その隙《すき》に彼女は、俺の耳元で呟《つぶや》いた。

「アタシ、天真とだったら大丈夫《だいじょうぶ》だよ……？　だから、アタシをメチャクチャにして……？」

月乃の顔が、どんどん赤く染まっていく。

「天真……アタシとえっちしよ？」

このまま月乃の側にいたらマズイ。彼女も、そして俺の理性も。

「うわあああああああああああっ！」

俺はたまらず、叫《さけ》びながら部屋から飛び出した。

これはもう、逃《に》げるしかない。月乃から距離《きより》をとるしかない。

ってか俺、最近逃げてばっかじゃねえか！　こんなのいつもの俺らしくねーぞ！

前までの俺なら、変な作戦を考えたり自作のアイテムを使ったりして、彼女たちを上手《うま》くかわしていたのに……。今は全然思いつかない……！

やっぱり、今の俺は普段《ふだん》の俺じゃない。月乃たちを意識しすぎているせいで、頭も心もまるで正常に働いてない！

しかし……異常が自覚できたところで、どうすればいいかまで分かるわけじゃない。

今の俺にできるのは、結局逃げることだけだった。

※

「ダメだ……！　マジで気が休まらねぇ……！」

この家は危険だ。危険すぎる。

俺はまた月乃に襲われる前に、慌てて脱衣所《だついじょ》の中へ飛び込んだ。ここなら風呂《ふろ》の時間以外、誰《だれ》かが立ち寄ることはない。と言っても、三人が俺を探さなければの話だが……。

「いや……。絶対に探しに来るだろ……」

きっと月乃は、また俺を誘惑するために迫ってくる。当然花鈴や雪音さんも、同じような行動にでるはずだ。この家にいる限り、安全な場所はないと断言できる。

こうなったら、すぐにどこかへ非難したほうがいいだろう。

「仕方ない……。一度実家に帰るか……」

三姉妹《しまい》たちが落ち着くまで、どこかに身を潜《ひそ》めた方がいい。その点俺の実家なら、三姉妹たちも場所を知らない。葵《あおい》のことも気になるし、修羅場《しゅらば》の避難《ひなん》にはちょうどいいだろう。

よし。そうと決まれば、即《そく》行動だ。

でも――

「その前に、ちょっとシャワーだけ浴びたいな……」

昨日は色々あったせいで、風呂に入ることも忘れて自室に閉じこもってしまった。いい加減体が気持ち悪いし、この状態で外に出たくない。着替《きが》えはいつも雪音さんが棚《たな》に用意してくれてるし、身を清めてから実家に戻《もど》ろう。

「ただ、十分に注意しないと……」

ひょっとしたら、以前みたいに雪音さんが浴室に飛び込んでくるかもしれない。シャワー中にいつ誰が来ても対処できるよう、対策をしておく必要がある。

俺は念のため腰《こし》にタオルを巻きつける。そして脱衣所を常に警戒《けいかい》することに決め、浴室へ続く扉《とびら》を開けた。

「いらっしゃいませ――――！」

中で裸《はだか》の花鈴が待ち構えていた。

「どわあああああああっ！」

いや、びっくりした！　さすがにびっくりした————！

え、なんで⁉　なんでコイツが中にいんの⁉　脱衣所に服とかなかったし、全然気づかなかったんですけど！　後から誰か来る可能性なら考えてたけど、先にいるのは予想外だったよ！

しかもこいつ、完全に全裸じゃん！　下着もタオルも身に着けていない、正真正銘《しょうしんしょうめい》の全裸じゃん！　いや、浴室なんだから全裸なのは当然だけど……。

だがそれにしては、お風呂を使っていた形跡《けいせき》がない。浴室全体に水気が無いし、花鈴の体も濡《ぬ》れてない。浴槽《よくそう》にも湯は張られてなかった。

「お、お前っ！　こんなとこで何してんだよ⁉」

目を逸らしながら花鈴に怒鳴《どな》る。すると彼女は、笑うような声で言う。

「もちろん、先輩《せんぱい》のこと待ってたんですよー？　先輩、昨日は入浴できなかったみたいですし。性格的にちゃんと朝風呂《あさぶろ》しにくるかなー、と」

俺の行動パターンが知られている……⁉　さすがに今まで一緒《いっしょ》に暮らしてただけのことはあるな……。

って、感心してる場合じゃねえ！

「なんで待ち伏《ぶ》せなんかしてんだよ⁉　ってか、頼むから早く体を隠《かく》せ！」

「問題ないです！　下着はちゃんとつけてますから！」

「いや、どう見ても全裸だろーが！」

「いいえ違《ちが》います！　よく見てください！」

俺に近づき、無理やり体を見せつける花鈴。すると、乳首と一番デリケートな部分に何かが貼《は》ってあるのが分かった。

それは、小さな絆創膏《ばんそうこう》。

「ね？　ちゃんと下着を着けてるでしょ？」

「いや、絆創膏は下着じゃねーよ！　四捨五入したら全裸だろ！」

「大丈夫ですって！　それより先輩、お風呂入りに来たんですよね？　だったら一緒に入りましょうよ！」

「断る！　一人でシャワー浴びるから出てけ！　お前は別に今入る必要ないんだろ!?」

「いえいえ！　花鈴もちょうどシャワー浴びようと思ってました！」

「だったら俺は出ていかせてもらう！」

「逃がしませんよ！　天真先輩っ！」

浴室から出ようとする俺だが、花鈴が扉の前に回り込んでくる。

「先輩が花鈴の虜《とりこ》になるまでは、絶対にここから出しません！　この体で先輩を落としてみせます！」

「はぁ⁉」

やっぱお前もか！　お前も俺を誘惑する気か！

「さあ、先輩……。好きなだけ花鈴の体を堪能《たんのう》してもいいですよ？」

両手を後頭部に持っていき、セクシーなポーズをとる花鈴。彼女の胸が強調される。

「んんっ……先輩……。裸同然の花鈴の姿、もっとたくさん見てください！　花鈴の小さくて恥《は》ずかしいおっぱい、先輩になら見せてあげます……！」

「………っ⁉」

なだらかに膨《ふく》らむ、ささやかながらもしっかりと女の子らしさを主張する胸。

今まで何度も花鈴には裸を見せつけられてきたが、なんだか今はこれまでにない興奮を感じてしまっている。胸だけではなく、細い手足やすらっとくびれた腰回りなど、全体的に小さな体つきに、たまらず可愛《かわい》らしさを感じてしまう。

だ、ダメだ……っ！　やっぱり花鈴のことも変に意識しすぎてしまう！

「もっと、もっとぉ……。花鈴の全裸、見てくださいっ……！」

「いや、いらないから！　全然見せてくれなくていいから！」

しかし、そんな気持ちを表に出すわけにはいかない。強がるように否定する。

「あ。先輩、見るだけじゃ不満ですか？　それじゃあせっかくお風呂にいますし、エッチなお店ごっこでもしましょう！　先輩のエッチな気持ち、全部花鈴にぶつけてください！」

「いや、ぶつけねーよ！　頼《たの》むからここから出してくれ！」

「そうはいきません！　先輩とはこの場で既成事実《きせいじじつ》を作ります！　誰も花鈴たちを引き裂《さ》けないように！」

「なっ──うわぁ！」

花鈴がいきなり寄りかかり、俺の体を抱《だ》きしめてきた。

コイツ、他の二人を出し抜《ぬ》くために強行手段に出やがった！　このまま俺を襲《おそ》う気だ！

「ば、馬鹿《ばか》っ！　ダメだ！　これは良くないぞ！　今すぐ俺から離《はな》れるんだ！」

「大丈夫ですよ……。すぐに気持ちよくしてあげますから……。花鈴に全部任せてくださ い」

花鈴の手が俺の胸板《むないた》に触《ふ》れる。そして、いやらしい手つきで撫《な》でてきた。

「はぁはぁ……。先輩のカラダ、とっても大きくて逞《たくま》しいですね……？　花鈴の胸、すごくドキドキしちゃってます……。ちっぱい、キュンキュンしちゃいますぅ……！」

さらに花鈴は慎《つつ》ましやかなその胸を、俺の体に密着させる。彼女のうるさいくらいの心音や、唇《くちびる》から洩《も》れる熱い吐息が全《すべ》て俺に伝わってきた。

花鈴のやつ……完全に本気だ。一線を越《こ》える覚悟《かくご》をしている。

「おい、花鈴！　マジでその辺にしとけって！　これ以上は本気でマズいから！」

「ダメですよ……！　そろそろ観念してください。先輩はもう、花鈴のものになるんですから……」

俺の制止も、彼女は一切《いっさい》受け入れない。

花鈴はさらに強い力で俺を抱く。そして、耳元で呟いてきた。

「さあ、先輩……！　花鈴とエッチなことしましょう？　そして一つになりましょう？」

「……っ！」

花鈴が色香《いろか》の漂《ただよ》う笑《え》みを浮《う》かべ、片手を俺の股間《こかん》へと伸《の》ばす――

「そうはさせないよ、花鈴ちゃん！」

その直前。いきなり浴室の扉が開かれた。

「なっ……！　雪音さん⁉」

「雪音お姉ちゃん⁉　くっ……バレましたか！」

現れたのは雪音さん。彼女は仁王立《におうだ》ちをして、怒《おこ》ったように俺たち二人を睨《にら》んでいる。

こ……これはマズイ！　こんな光景を見られたら、花鈴の変態性がバレる！　早く言い訳を考えないと！

　──と、俺が思った瞬間《しゅんかん》。雪音さんも服を脱《ぬ》ぎだした。

「ぬあぁ⁉」

　突然《とつぜん》のことに、変な声が漏《も》れる。

　雪音さんはシャツにスカート、それに下着まで全て脱ぎ、生まれたままの姿を晒《さら》す。その体はセクシー系の女優みたいに肉感的で、大きな胸がブルンと悩《なや》まし気に揺《ゆ》れていた。

「…………！」

　白く滑《なめ》らかな、パツンパツンに膨らんだ巨乳《きょにゅう》。その攻撃《こうげき》的なまでの迫力《はくりょく》に、俺は言葉を失った。圧倒《あっとう》的な母性を感じ、彼女のことも今まで以上に魅力《みりょく》的に思えてしまう。

　そして彼女は丸出しになった大きな胸を揺らしながら、俺たちの側《そば》に寄ってきた。

「抜け駆《が》けはダメだよ、花鈴ちゃん！　私が天真君にご奉仕《ほうし》してあげるんだからっ！」

　いや、そうなるの⁉　あなたも参加する感じなの⁉

「むう……！　お姉ちゃんこそ横入りしないで！　花鈴が先に先輩を狙《ねら》ってたんだもん！」

「順番なんて関係ないよ！　私が一番天真君のことを愛してるから！」

　雪音さんが花鈴から俺を奪《うば》おうとして、右腕《みぎうで》に強く抱きついてくる。

　すると花鈴も対抗《たいこう》して、俺の左腕を大事そうに抱《かか》える。

　左右から二人に抱き着かれ、取り合いをされる形になる俺。

さらにその時、第三の勢力が現れた。

「ダメッ！　天真はアタシのものだからっ！」

どうやら騒《さわ》ぎを聞きつけたらしく、月乃が脱衣所《だついじょ》に走ってきた。

そして月乃はすぐさま全裸《ぜんら》になって、正面から俺に抱きついてくる。

って、お前も参加するのかよ！

あとお前ら、なんでいちいち服脱ぐんだよ！　着たまま浴室入ればいいだろ！

「天真は誰《だれ》にも渡《わた》さないから！　花鈴も雪姉も諦《あきら》めて！」

「そんな我儘《わがまま》、お姉ちゃんは通さないからね！　天真君は私と一緒になるべきだから！」

「それは花鈴のセリフだよ！　先輩は花鈴と付き合いたがってるもん！」

また三人のケンカが始まる。全裸になった三姉妹が、すごく真剣《しんけん》な表情で俺を奪うために言い争う。ってか、マジでなんなのこの状況《じょうきょう》！

「お姉ちゃんたち、邪魔《じゃま》しないでよ！　花鈴が最初に始めたんだよ！」

「でも天真はアタシの体に興味があるから！　そうよね天真？　アタシの裸で興奮して！」

「二人の裸じゃ足りないよ！　天真君も巨乳がいいよね？　私の胸を見たいよね？」

「巨乳なんて、ただだらしないだけだもん！　花鈴のちっぱいの方が付加価値あるし！」

「花鈴のはただ未成熟なだけでしょ。子供に誘惑《ゆうわく》なんて早いし、さっさと部屋に戻りなさい」

「私に言わせれば、二人ともまだ子供だよ？　大人ならこれくらいはできないと」

そう言い、見せびらかすように大きな胸を揺らす雪音さん。豊かに張り出した丸い果実が、たゆんたゆんと柔《やわ》らかく弾《はず》む。

その姿に、月乃と花鈴が青筋を立てた。

「お、女の価値は胸じゃないし！　あと、アタシもお尻《しり》には自信あるし！」

月乃が後ろを向き、俺にお尻を突《つ》き出してくる。ぷっくりとした綺麗《きれい》なお尻。傷一つない肌《はだ》は白く輝《かがや》き、艶《あで》やかな丸みを帯びている。その美しさや大きさは、瑞々《みずみず》しい白桃《はくとう》を思わせた。

「天真にだったら、触《さわ》られてもいいよ……？　アタシのお尻、撫でてよぉ……！」

おい、月乃ぉ！　お前発情しかけてるだろ！　早く服を着ろ！　そして出ていけ！

「それに雪音お姉ちゃんはただ太ってるだけだもん！　そんなの巨乳とは言えないもん！」

「ちっ、違うよ！　私の体重、そこまで二人と変わらないよ！　多分！」

「二人よりもアタシの方が、天真を満足させられるから……！」

三姉妹《しまい》たちが火花を散らし、互《たが》いに互いを睨みつける。

「こうなったら……誰が先輩にふさわしいか、ここで勝負して決めましょう！」

「望むところだよ！　お姉ちゃんの威厳《いげん》、見せてあげる！」

「アタシ、絶対負けないから……！　はぁはぁ……！」

三人が態勢《たいせい》を立て直すため、一度一斉《いっせい》に俺から離れる。

そして彼女たちが順番に。俺にアピールを仕掛《しか》けてきた。

「先輩！　花鈴の裸《はだか》をもっと見てください！　花鈴の体でたくさん興奮してください！」

いや、少しは恥じらえ！　お前が露出狂《ろしゅつきょう》なのバレるぞ！

「天真君、私にご奉仕させて？　私だけのご主人様でいて？」

皆《みんな》の前でご主人様言うな！　完全にドM丸出しじゃねーか！

「はぁはぁ……天真ぁ……！　アタシを襲って！　もっとスケベなことしたいのぉ！」

だから発情してんじゃねえええええ！　性癖《せいへき》少しは隠してくれえええええ！

コイツら、馬鹿かよ！　マジでヤバイぞ！　他の姉妹が周りにいてもお構いなしでエロ絡《がら》みしやがる！　むしろ自分のエロさを武器にして、性癖全開で俺を落とそうとしてきやがる！

みんな今のところ修羅場《しゅらば》で必死になっているせいか、それとも相手のエロ行為《こうい》は俺を落とす戦略と捉《とら》えてるせいか、互いの性癖に気づいてはいない。

だが、それも時間の問題だ！　このままだといつ性癖バレしてもおかしくない！　危な

っかしくて見てられねえ！

それに……正直俺もちょっと危険だ。

初恋《はつこい》の人かもしれない彼女たちが、目の前で裸になりながら俺のことを取り合っている。

そんな状況で、いつまでも平静を保ってはいられない。

さっきから三姉妹たちの美しい体に強く異性を意識してしまい、心臓が痛いくらいに早鐘《がね》を打っている。

大きさこそ違《ちが》えど、身動きするたびにそれぞれ柔らかく揺れている胸に、滑らかな隆起《りゅうき》を描《えが》く尻。丸みを帯びた女の子らしい体つきが、俺を興奮させてくる。

「先輩《せんぱい》にになら、花鈴の全部をお見せします！」

「天真君のために、一生仕えさせてください！」

「アタシの身も心も全部奪って！」

引き続き俺をわがものにしようと、誘惑を仕掛ける彼女たち。

ひょっとしたら、彼女たちが初恋の女の子かもしれない。そう思うと、色々限界で――

「あーもうっ！　いい加減にしろ――――っ！」

俺は欲望を無理やり振《ふ》り切るために、わざと大声で三人に怒鳴《どな》った。

※

あの直後、俺は彼女たちの間を抜けて、急いで浴室から抜け出した。

そして彼女たちが制止するのも聞かず、すぐに着替《きが》えの服を着て、神宮寺《じんぐうじ》家を脱出《だっしゅつ》した。

また三人が俺を誘惑してくる前に。

「あぁ……。本当に危なかった……」

あのままずっと風呂《ふろ》にいたら、間違いなく理性が崩壊《ほうかい》していた。あんな修羅場、これ以上体験したくない。俺が人の道を踏《ふ》み外してしまう。

「しかし……あれほど仲のよかった姉妹があそこまでケンカするなんてな……」

その上、原因が自分となれば、なんだか複雑な思いだった。恋愛《れんあい》って本当に怖《こわ》い……。

しかし……もしもあのまま俺が家にいたら、今頃《いまごろ》はさらに大変なことになっていただろう。もしかしたらあの三人が、本当に性癖を晒し合っていたかもしれない。

アイツらの目的は今までのように性欲を発散することじゃない。俺を誘惑し、我がものにするということだ。そのせいか、今までよりもやり方が激しくなっている。

性癖バレを防ぐためにも、俺は一度神宮寺家から避難《ひなん》しなければいけなかった。

「それに……俺が三姉妹のことを本気で好きになる可能性もあるしな……」

彼女たちに知られるわけにいかないが、俺はあの三人のことをかなり意識してしまっている。告白だけでもかなり動揺《どうよう》していたのに、その上手紙のことにも気づいたせいで、頭の中が彼女たちのことでいっぱいだ。

そんな状態であんな誘惑をされ続けられたら、俺の体と理性が持たない。俺もいずれは役目を忘れて、彼女たちに流されるだろう。彼女たちの魅力に当てられて、三人の内の誰かのことを本当に好きになりそうだ。

加えて、万に一つの可能性だが、三姉妹の誰かが本当に初恋の子だった場合……。俺はその子に対して、今まで通りに接することができるかどうか……。

「本当に……一体誰なんだろうな……？」

もし三姉妹の中に手紙の少女がいるとして……。その送り主は誰なんだ？

彼女たちの筆跡《ひっせき》を比べれば、もしかしたら特定できるのか……？

「い、いや……！　俺は何を考えてるんだ……！」

そんなことをしても、なんの意味もない。特定したところで、俺では彼女たちに釣《つ》り合わない。俺と三姉妹は付き合ってはいけない人種なんだ。

それに所詮《しょせん》は昔の手紙。本当に同じ字体かなんてちゃんとは確認《かくにん》できないし、たまたま少し字が似ていただけの可能性が高い。というか、そうに決まってる。

今の俺にはそんなことを気にするよりも、考えなきゃいけないことがある。どうすれば三人が仲直りをしてくれるのか、そして俺を諦めてくれるかだ。

それをゆっくりと考えるためにも、俺には時間が必要だ。

一度落ち着いて、じっくり考えることにしよう。そう思い、俺は久しぶりに実家に向かって歩いていった。

※

帰宅し、懐《なつ》かしい我が家の玄関《げんかん》をくぐる俺。

「葵ー。ただいまー。帰ったぞー」

そして俺は愛《いと》しの妹に呼びかけながら、狭《せま》いリビングへ入っていった。

すると葵が、ちゃぶ台の前で座って何かをやっていた。

「えっ……!? おっ、お兄ちゃん!?」

彼女はなぜか俺を見るなり、ひどく驚《おどろ》いた声を出す。

そしてちゃぶ台の上に載《の》っていた何かを、慌《あわ》てて座布団《ざぶとん》の下に隠《かく》した。

「あ、葵……？　どうしたんだ、そんなに驚いて」

「な、なんでもないけどっ⁉　別に全然驚いてないしっ！」

慌てふためきながら、葵が無駄《むだ》に強がりを吐《は》く。

いや、明らかに驚いてただろ……。その上、何か隠したの見えてたからな？　本人はバレてないと思ってるようだが……。

「あーもう……せっかくいいところだったのに……」

いいところ……？　一体何をやっていたんだ……？　なんかちょっと気になるぞ。

「お兄ちゃん！　帰ってくるなら事前に連絡《れんらく》入れてよね！　分かってたら、お茶くらい用意しといたのに」

「あ、ああ……悪い。なんせ、急に帰ることにしたからな」

「まあ、それならしょうがないけど……。でも、お仕事はどうしたの？」

「やむにやまれぬ事情があってな……。ちょっと、いったん抜《ぬ》けてきた」

「ふぅん……。よくわかんないけど、色々大変だったんだね」

多くは語らずとも、なんとなく苦労を察してくれる葵。そんな妹が大好きです。

「それじゃあ、ゆっくりしてってよ。お茶淹《い》れてきてあげるから」

「ありがとう。じゃあ、お願いしようかな」

とてとてとキッチンへ行く葵。そして狭いリビングに、一人だけになる。

「ふぅ……。やっと気が抜けるな……」

ようやく三姉妹から距離《きょり》をとり、精神的に落ち着けた。まだ問題が根本的に解決したわけではないが、今は少しだけ休むとしよう。

「しかし……相変わらず狭い家だなぁ……」

神宮寺家に比べると、物置小屋のような家。彼女たちの家に住み慣れると、余計に我が家の小汚《こぎたな》さを実感してしまう。とはいえさすが実家だけあってか、どこか不思議な落ち着きがあった。

俺は改めて、自分の家を見回してみる。使い古したちゃぶ台に、ボロボロになってしまっている畳《たたみ》。クーラーがない代わりにフル稼働《かどう》している扇風機《せんぷうき》に、部屋の隅《すみ》に置かれている最小タイプの液晶《えきしょう》テレビ。そして、葵が座っていた座布団の下……。

「……………」

あいつ……。さっきは一体、何を隠したんだろう……？

隠したということは、葵にとって見られたくない物があるということ。兄妹《きょうだい》とは言え、それを探《さぐ》るのは良くないことだ。それでも、やはり気になってしまう。座布団を見ながら色々と想像してしまう。0点のテストを隠したのかとか、ポエムでも書いていたのかとか。

これがあの三姉妹たちのことなら、間違いなくエロ関係の何かだろうが――

「ま、待てよ……!? まさか……いかがわしい物じゃないだろうな……？」

い、いやいや……。そんな馬鹿《ばか》なこと……。ウチの葵に限って、ないだろ……。三姉妹たちのせいで、すぐ思考がそっちに向いてしまう。

でも、あの隠したときの焦《あせ》りよう……。男子中学生が読んでいたエロ本を咄嗟《とっさ》に隠すような様子に似ている。むしろ、それ以外ない気がする。

おいおい、嘘《うそ》だろ……？ あの天使のような葵がまさか、隠れてエロ本を読んでるだなんて……！ 一体どんな本なんだ!? まさか『露出《ろしゅつ》ノススメ』じゃないだろうな!? お兄ちゃん、妹の露出なんて許しませんよ！

いや、落ち着け俺……。まだそうと決まったわけじゃない。

でも、もし本当にエロ本とかなら、兄としてしっかりお説教をしないといけない。葵はまだ中学生だ。そういったものに触《ふ》れるのは早い。

「…………」

俺の手が、自然と座布団に伸《の》びる。

本当はいけないと分かっているが、教育上よろしくない物の可能性がある以上、確認しておかないといけない。葵まで変態性癖を身につけたら、もうお兄ちゃんは泣いてしまう。

そして俺はついに座布団をめくり、葵が隠した物を見た。

「これは……」

座布団の下にあったのは、一枚のプリントと数枚の原稿《げんこう》用紙であった。プリントを見ると、『自由作文のお知らせ』とある。どうやら夏休みで、そんな宿題が出たらしい。

すると、原稿用紙はその作文が書かれたものか。

何気なく一枚目が目に入る。

タイトルには、『私の兄』という文字があった。

「んん⁉」

驚き、俺は思わず内容を目で追ってしまった。

『私には、高校生の兄がいます。その兄は、本当にとても素晴《すば》らしい人です。自分もまだ学生なのに、家族が——特に私が不自由なく生活できるように、毎日忙《いそが》しく働いてくれています。お兄ちゃんは今仕事のために別の家で暮らしていて、最近は会えなくて寂《さび》しいけれど、私も心から応援《おうえん》してます。私は、お兄ちゃんが大好きだから——』

そこには、彼女が口では絶対に言わないほどの賛辞の言葉が綴《つづ》られていた。

「あ、葵……。お前、そこまで俺のコトを……！」

原稿用紙を握《にぎ》る手に、自然と力が込められる。

まさか妹が、ここまで俺に感謝してくれていたなんて……。ここまで俺を慕《した》ってくれていたなんて……！

感動で目頭《めがしら》が熱くなる。言い知れぬ喜びが、泉のように胸に満ちてくる。

「ああ……。本当に、生きててよかった……！」

妹のことをいつも大事にしてきた気持ちが、しっかり伝わっていたんだな……。そう思うと、なんだか、報《むく》われた気分だった。

と、その時。背後でガシャンという音がする。

「っ⁉」

振《ふ》り返ると、お茶の載ったお盆《ぼん》を落とした葵が、固まったように俺を見ていた。

「お、お兄ちゃん……？　その作文……」

「あっ……」

し、しまった……！　この作文、間違《まちが》いなく俺が読んでいいものじゃない！

俺は慌てて原稿用紙を戻《もど》そうとする。しかし、どう考えても遅《おそ》かった。

「そ、それ……。見たの……？　お兄ちゃん……！」

葵の目に、次第《しだい》に涙《なみだ》が溜《た》まっていく。

次の瞬間《しゅんかん》、爆発《ばくはつ》した。

「うわ――――んっ！　お兄ちゃんのバカ――――！」

「ごめ――――ん！　葵、悪かった――――！」

俺の馬鹿！　完全にやってしまった！

あの天邪鬼《あまのじやく》で素直《すなお》になり切れない葵のことだ。この作文を俺本人に見られたら、どれだけ恥《は》ずかしがることか……！

こんなことなら、妹が隠したものなんて確認するべきじゃなかったんだ！　葵のことを信用してそっとしておいてやるべきだった！　それが兄としての正解だった！

「すまん、葵！　本当にごめん！　お兄ちゃんが悪かった！」

「ばかっ！　ばかっ！　お兄ちゃんのアホ――――！」

俺は土下座で葵に謝《あやま》る。しかしすぐに許されるはずもなく、葵は半泣きになりながら俺の頭を叩《たた》いてくる。

「そんな簡単に許さないもん！　今見たもの全部忘れるまで、絶対に許してあげないから！」

「わ、分かった！　すぐに忘れるから！　はい、もう忘れた！　忘れたぞ！」

「ダメッ！　全然信用できない！　お兄ちゃんが記憶《きおく》無くすまで、頭を叩き続けるもん！」

んな無茶《むちゃ》な！　マンガの読みすぎだ！　さすがにそんなので記憶が飛ぶか！

「お兄ちゃん、早く気絶して！　力ずくで忘れさせてあげる！」

「いや、さすがにそれは無理だって！　そう簡単に気絶とかしねえよ！」

しかし葵は俺の言葉を無視し、照《て》れ隠しのためか叩き続ける。

「や、やめてくれ！　本当に、本当にごめんなさい！　お願いだから許してください！

お兄ちゃん、何でもしますから──────！」

そんな葵に、誠心誠意謝罪の気持ちを叫《さけ》ぶ俺。

すると、彼女の手が急に止まった。

「……なんでもって……本当に？」

「え……？」

頭を上げて、葵の顔を見る。

「お兄ちゃん、何でもしてくれるの……？　私の言うこと、なんでも一つ聞いてくれる？」

真剣《しんけん》な目で、葵が俺に尋《たず》ねてくる。

「あ、ああ……！　もちろんだ！　お兄ちゃんにできることなら、なんでも！」

なんでもと言うと少し不安な気もするが、許してもらうには仕方ない。

すると葵が、言いにくそうに切り出した。

「それじゃあ……。今日の夜、ちょっと私に付き合って……？」

「……!?」

恥ずかしそうに顔を赤くし、体をもじもじさせる葵。

な、なんだ……？　この葵の女性的な表情は……。それに、今の意味深な発言……。

今日の夜、俺を何に付き合わせようというのだ？　まさか……！

「だ、だだだダメだぞ葵！　俺たちは兄妹なんだから！　そんなイケナイことはダメだ！」

「え……イケナイこと……？　花火大会行くだけなのに……？」

「え……？」

花火、大会……？

「今日の夜、家の近くでお祭りあるでしょ？　今年はお兄ちゃん忙しそうだし一緒《いっしょ》に行けないと思ってたけど、よければ付き合ってほしいなって……」

「あ……あ――！　付き合うって、そういうことね！」

あー、びっくりした！　葵の表情と発言から、つい変なコトを想像してしまった……。

ってか、普通《ふつう》に考えてそんなこと葵が言う訳ないだろ！　妄想《もうそう》激しすぎだ！　変態か俺は！　あの三姉妹《しまい》たちに毒されすぎだろ！

「ねえ、どうなの……？　やっぱり、お仕事忙しい……？」

「あ、いや……！　分かった！　それくらいなら問題ないぞ！　ついでに屋台でも色々奢《おご》ってやるからな！」

「ほんとにっ⁉　わーい！　豪遊《ごうゆう》だ――っ！」

さっきまでの怒《いか》りから一転。葵の顔に笑顔《えがお》が戻った。

「それなら、さっきのことも水に流してあげる！　特別だからね？　感謝してよね！」

「ああ。ありがとう、葵。恩に着るよ」

よかった……。割と簡単なコトで葵が機嫌《きげん》を直してくれて……。

それに、俺としてもこの誘《さそ》いはありがたい。俺も少しの間、三姉妹のことから距離《きょり》を置きたいところだったからな。久しぶりの葵と二人でのお出かけは、いい気分転換《てんかん》になるだろう。

「あ、そうだ！　それともう一つお願いしていい？」

「ん、なんだ？　なんでも言ってみてくれ」

「せっかくだから、花鈴さんたちも呼んでいいかな？　皆《みんな》で一緒に遊びたいと思って！」

輝《かがや》くような笑顔で葵が紡《つむ》いだ言葉に、俺はこの上なく絶望した。

第四章　告白は花火の後で

その日の夜。俺は浴衣《ゆかた》を着た葵《あおい》と共に、お祭りの会場に向かっていた。

途中《とちゆう》で、三姉妹たちとの待ち合わせ場所に向かいながら……。

「葵ちゃーん！　こっちですよー！」

「あ、花鈴《かりん》さん！　こんばんはー！」

花火大会が行われる予定の河川敷《かせんしき》。その側《そば》にある大きい公園で、俺は三姉妹と待ち合わせていた。

彼女たちの方が先に待ち合わせ場所に着いており、俺たちの姿を見つけるや否《いな》や、花鈴がこっちに手を振った。

すると葵が、待ちきれない様子で三人の下《もと》へ駆《か》けていく。

「こんばんは、葵ちゃん。浴衣、とっても似合ってるね？」

「あーもう、ホント可愛《かわい》いわね！　持ち帰って新しい妹にしたいわ」

「わー！　ありがとう！　雪音《ゆきね》さんに月乃《つきの》さん！」

嬉《うれ》しそうにする葵とは裏腹に、俺は三姉妹の姿を見るなり自動的にため息をついていた。

「はぁ……。結局こうなったか……」

俺は最後まで彼女たちを誘うのは反対したが、結局葵の要望を断れずに、三人を呼ぶことになってしまった。またあの修羅場《しゅらば》がこれから繰《く》り広げられるかと思うと、なんだかとても胃が痛い……。

ちなみに三姉妹たちも、全員浴衣姿だった。以前仮の新婚《しんこん》旅行に行ったとき、身に着けていた物だろう。

ってか、ヤバイ……！　こいつら、マジで可愛いぞ！　不覚にも目を奪《うば》われてしまう。

以前に見た時にも増して、その美しさに緊張《きんちょう》してしまう。

いや馬鹿《ばか》！　やめろ俺のアホ！　変な感情を抱《いだ》くんじゃない！　これ以上、三人を意識しちゃいけないんだよ！　本当に惚《ほ》れたらどうするつもりだ⁉

「今日は葵ちゃんが花鈴たちを誘ってくれたんですよね？　凄《すご》く嬉しかったです！　ありがとう！」

「うんっ！　せっかくの花火大会だから、皆で楽しみたいなって思って！」

「私も、葵ちゃんと来られて嬉しいよ～！　今日はたくさん遊ぼうね！」

「アタシたちのコト、本当のお姉ちゃんと思って甘えてね！」

でも幸い、三姉妹は皆仲良く葵に構っている。さっきまで俺をとり合ってケンカをしてたとは思えない空気だ。

もしかしたら、このお祭りの間は修羅場のことを忘れてくれるつもりかもしれない。きっと葵の前で争うのは遠慮《えんりょ》してくれているのだろう。

そう思った途端《とたん》、三姉妹たちが笑顔で俺に寄ってきた。

「先輩《せんぱい》も、今日の服装素敵《すてき》ですね！　とっても男らしいです！」

「天真《てんま》君はいつ見てもカッコいいね～！　私、ドキドキしちゃうかも♪」

「今日の天真すごーい！　メッチャ良い！」

こ、これは……！　俺が昨日教えたデート術！　男を褒《ほ》める言葉を実践《じっせん》している！

よく見ると三人とも、目に闘志《とうし》のようなものが宿ってる気がした。葵の手前ケンカはしないが、修羅場は明らかに継続《けいぞく》している！

「ねー、お兄ちゃん！　まだ花火まで時間あるし、皆で屋台回ろうよ！」

「あ、ああ……そうするか……」

修羅場のことなど知らない葵は、平和な笑顔で祭りへの期待を膨《ふく》らませる。

そして俺たちは、公園の中に立ち並ぶ屋台へ向かって歩いて行った。

※

「わー！　お祭りだ！　お祭りだー！」

屋台の立ち並ぶ通りに来ると、葵がさらにはしゃぎ始めた。

「とりあえず、何か食べたいなー！　えっと……かき氷にたこ焼き、フランクフルトと焼きそばと、お好み焼きにチョコバナナ……」

「お、おい……葵……。さすがにそれは多すぎるんじゃ……」

今日は俺が奢る約束だが、さすがに全部買ったら財布がヤバイ。

肇《はじめ》さんから月々多額の報酬《ほうしゅう》をもらってはいるが、それらは借金の返済や生活費のために、ほとんど母さんに送っているから……。

「えー？　でも、お兄ちゃんが奢ってくれるって言ったんだよ？」

「それはそうだが、さすがに限度があってだな……」

「お兄ちゃん……ダメ？」

葵が目を潤《うる》ませ、上目遣《うわめづか》いで聞いてくる。

瞬間《しゅんかん》、理性の弾《はじ》ける音がした。

「いいや、任せろ！　今日は葵の食べたいもの、好きなだけ俺が買ってやるぜえええええ！」

「ほんとっ⁉」

可愛い妹にあんな可愛くお願いされて動かない奴《やつ》は兄じゃねえ！

「じゃあ、お兄ちゃん！　最初はわたあめから食べたい！」

「よし、任せろ！　カートン単位で買ってやる！」

「それとりんご飴《あめ》！　りんご飴好き！」

「葵のためなら全国の屋台で買い占《し》めてやるぜ！」

「あとあとっ！　クレープ！　クレープもたくさん食べたいな！」

「屋台のおっちゃん！　クレープ全種類焼いてくれ！」

「わーい！　ありがとうっ、お兄ちゃん！」

「‼」

や、ヤバイ。今の葵の言葉、石碑《せきひ》に刻んで記録したい……。スマホで録音しておけばよかった……！

「天真のやつ、相変わらず妹には甘いわね……」

「もう花鈴、いっそ葵ちゃんになりたいです……」

「葵ちゃんから告白されたら、すぐに付き合っちゃいそうだよね……」

三姉妹たちが羨《うらや》ましそうに葵のことを見ているが、あえて特に触《ふ》れないでおく。

そして可愛い妹に、わたあめやりんご飴を渡《わた》してやった。

葵がわたあめを口に含《ふく》み、幸せそうに目を輝かせる。

「ふわぁぁぁ……！　美味《おい》しい～！」

「そうかそうか。良かったな」

ああもう、葵ホント可愛い。マジ天使。この笑顔世界一。

「あ、お兄ちゃんも一口食べていーよ？　確かわたあめ好きだったよね？」

「まあ、嫌《きら》いじゃないが……。でも、気を遣《つか》わなくていいんだぞ？」

「いいからいいから。はい、どーぞ」

「あ、ああ……。ありがとう」

葵がずいっとわたあめを顔に近づけてくるから、俺は一口だけ齧《かじ》る。甘さが口の中に広がり、砂糖がじゅわっと溶《と》けていく。

「うん、うまい。久しぶりだが、いいもんだな」

「ねっ？　食べてよかったでしょ？」

得意げに言い、再びわたあめを齧る葵。

「えへへ……。お兄ちゃんと間接キス……！」

なんだか聞き捨てならない単語が聞こえた。

「あ、葵……？　今、なんて……？」

「べ、別にー⁉　間接キスで喜んだりとかしてないし！」

真っ赤な顔で叫《さけ》ぶ葵。言っちゃってる。全部言っちゃってるよ。

葵って、ホント俺のコト好きだよな……。素直に認めたりはしないけど、すぐ俺とイチャイチャしたがるし。俺への好意を隠《かく》そうとしても全部言っちゃうのが可愛らしい。

でもな、葵。今は、ちょっとマズイんだ。

『間接キス……⁉』

葵の言葉に、三姉妹《しまい》が反応しやがった。

「か、花鈴にもわたあめ一つください！」

「おじちゃん、こっちも！　アタシにも一つ！」

「私にも大至急お願いします！」

三人が急いでわたあめを購入《こうにゅう》。そしてそれを、俺の口に向けてくる。

「先輩！　花鈴のわたあめも少しあげます！　だから間接キスしましょう！」

「待って、天真！　やるならアタシとキスしなさい！」

「ダメだよ、天真君！　私のわたあめを受け取って！」

全員間接キスを狙《ねら》って、同じものを買ってきやがった――！

「お姉ちゃんたち空気読んで！　先輩は花鈴のわたあめを食べたいと思ってるんだから！」

「それはこっちのセリフだから！　二人のわたあめより、アタシのヤツの方が大きいし！」

「それなら私のわたあめの方がきっと甘くて美味しいもん！　天真君はその方がいいよ！」

「だったら花鈴のわたあめの方がふわふわで食感が楽しいよ！」

「それを言うならアタシの方が――」

「おい、待て待て待て！　ケンカすんなよ！　そんなにわたあめいらねーから！　一口喰《く》えば十分だから！」

あと月乃は発情癖《へき》もあるんだし、外で間接キスはマズイだろ！　本当にこいつ、姉妹同士で張り合い出すとバレる危険を忘れるな！

「えー！　葵ちゃんだけズルイです！」

「アタシとも間接キスしてよ！」

「天真君、贔屓《ひいき》はよくないよ！」

「あーもう！　グイグイ迫《せま》ってくるな！　妹だけは特別なんだよ！」

俺は不満を言う三姉妹を宥《なだ》め、なんとか間接キスを断った。

※

「お兄ちゃん！　次はアレやりたい！」

一通り屋台の物を食べ終えた後、葵が俺の服を引っ張って言う。

見ると、金魚すくいの屋台が出ていた。

「金魚すくいか……。そういえば、やったことないな……」

成功しても金魚を持って帰らないといけないと思い、これまで一度も遊んでないな。エサとか水槽《すいそう》とか用意しないといけないし。

「ねっ、いいでしょ？　金魚さん欲しい！」

「そうだな……。まあ、ちゃんと世話するならいいぞ」

月々かなりのお金をもらっているし、さすがに金魚のエサ代で困るようなことはないだろう。水槽も一応押入れの奥に眠《ねむ》ってるし。

「やった！　たくさん捕《つか》まえるよー！」

「お、おい。あんまり走るなよ」

楽しそうに屋台の前まで駆《か》けていく葵。俺の渡した小銭を店の人に払《はら》い、代わりにポイを受け取った。そして早速《さっそく》チャレンジする。

　しかし——

「あっ！」

　金魚を狙ってポイを水中に浸《ひた》してる間に、紙がビリッと破れてしまった。

「ありゃ。思ったよりすぐ破れるんだな」

「ぐぬぬ……！　も、もう一回！」

　またポイを受け取り、トライする葵。しかしまたもや失敗する。

「うぅ……。全然捕《と》れないよ……」

　どうすればいいのかも分からずに、葵が軽く涙目《なみだめ》になる。

　ここは兄として一匹《いっぴき》くらい捕ってやりたいところだが、俺もやったことないからな……。

「葵ちゃん！　花鈴に任せてください！　金魚くらい花鈴が捕ってあげます！」

　悩《なや》んでいると、俺と一緒《いっしょ》に後ろで葵を見ていた花鈴が頼《たの》もしい申し出をしてくれた。

「花鈴さん、ほんと!?　これできるの!?」

「任せてください！　見てる感じ、何とかなりそうです！　でも……」

　花鈴が一度言葉を区切り、ニッと企《たくら》んだような笑《え》みを浮《う》かべる。

「無事に捕れたら、天真先輩《せんぱい》とデートさせてくださいね？」

「はぁ⁉」

突然《とつぜん》名前を出されたせいで、俺は声を裏返らせた。

こいつ、何を要求してんだよ！　それとこれとはまったく関係ないだろう！

「うん、いいよ！　好きなだけお兄ちゃんで遊んであげて！」

いいの⁉　お兄ちゃん本当に遊ばれちゃうよ！　エロい意味で遊ばれちゃうよ⁉

「ちょっ、花鈴！　待ちなさい！　なに抜《ぬ》け駆けしようとしてんのよ！」

一方そんな花鈴の要求を、月乃たちが黙《だま》って聞いているわけがなかった。

「だったらアタシもやるからね！　アタシが金魚捕まえて天真とデートするんだから！」

「私もやる！　今こそお姉ちゃんの力を見せるよ！」

「それなら、三人で勝負だね。一番多く金魚を捕った人が、先輩とデートすることができる。こういうルールでいいよね？」

『異議なし！』

なんか話進んでるんだけど！　俺の意思に関係なく俺が賞品になってるんだけど！

「おい、皆《みんな》！　俺はそんなの許可しない――」

「それじゃあ、まずは花鈴から行かせてもらうよ！」

「わー！　頑張《がんば》れ花鈴さーん！」

ダメだこいつら。話できねえわ。しかもなんか葵まで乗り気だし。もう口挟《はさ》めない空気だし。

俺の抗議《こうぎ》など完全に無視して、花鈴が水槽の前にしゃがみ込む。そして一匹の金魚に狙いを絞《しぼ》り、そいつに向けてポイを伸《の》ばした。

水に浸ったポイが金魚の下に入り込む。さっき葵がやった時とは違《ちが》い、まだポイは破れずに残っている。

そして花鈴が金魚をすくい、もう片方の手にもった捕獲《ほかく》用の容器へ運ぶ。

しかし……。

「ああっ！」

金魚を容器に入れる直前、ポイがバリッと音を立てて破けた。

「これ、思ったよりも難しいです……」

「ふふんっ。花鈴、甘いわね。それじゃ金魚はすくえないわよ」

すると横から月乃が登場。店員にポイをもらい、花鈴の隣《となり》に陣取《じんど》った。

「金魚すくいは、端《はし》っこを使うのがコツなのよ。水槽の四隅《よすみ》は逃《に》げにくいから、金魚をコーナーに追い詰《つ》めるのよ」

ドヤ顔でうんちくを垂れながら、月乃がポイを水につける。

「この時もポイがダメージを受けないように、四十五度の角度で入れるの。それと金魚をすくう前に、ポイの全体を濡《ぬ》らさないと。一部が乾《かわ》いてたら、その境目から破れるから」

「むぅ……。月乃お姉ちゃん、詳《くわ》しくてズルい……」

「ふふっ。経験の差よ。金魚すくいくらい、楽勝だし」

得意げに言い、コーナーに金魚を追い詰める月乃。そして、いよいよすくい出す。

ビリッ。

いとも簡単にポイが破けた。

『ぷっ――』

思わず吹《ふ》き出す俺と花鈴。真っ赤になった月乃に睨《にら》まれる。

「二人とも、そんなんじゃだめだよ～」

すると、最後は雪音さんの番だ。ポイを受け取って月乃と花鈴の間に入る。

「金魚さんは優《やさ》しい人にしか心を開いてくれないんだから。そんなに気合いを入れてたら、皆逃《に》げて行っちゃうよ？」

優しく、穏《おだ》やかな声で言いながらポイを水に浸す雪音さん。

さすがは長女だ。余裕《よゆう》のある表情と動きで金魚を狙う。流れるようなポイ捌《さば》きで一匹の金魚を紙の上にのせた。このままいけば、ゲットできる……！

瞬間《しゅんかん》、金魚が暴れたせいでポイが破けて逃げられた。

「あっ……！」

雪音さんがショックを受けたような顔で、呆然《ぼうぜん》と逃げた金魚を見つめる。

「――金魚さん、すごく嫌《いや》がってたね……」

葵の一言で、俺たちは爆笑《ばくしょう》。雪音さんは半泣きになった。

その後、何度もトライする三姉妹と葵たちだが、一匹も金魚をすくえない。

すると見かねた店員が、「しょうがないなぁ」と、オマケで一匹《いっぴき》恵《めぐ》んでくれた。

「わーい！　ありがとうございます！」

袋《ふくろ》に入れられた金魚を受け取り、葵は満足げに笑う。

「くっ……！　戦いは引き分けのようね……。でも、金魚すくいの腕《うで》はアタシが一番だったんじゃない？　デート権はアタシがもらうから」

「そんなことないよ！　月乃お姉ちゃん、普通《ふつう》に素人《しろうと》だったもん！　むしろ、花鈴の方が惜《お》しかったよ！」

「私だってあと少しで捕れそうだったし、デート権もらえてもいいと思う！」

あーもう、またケンカ始めてるし……。仮に金魚捕れてたとしても、デートなんてできないからな！

「はぁ……。なんか疲《つか》れたな……。ちょっとどっかで休憩《きゅうけい》しないか？」

「えー？　もっと色々遊びたいよ。まだ射的も輪投げもくじもお化け屋敷《やしき》も行ってないのに」

「おいおい、それ全部回る気なのか……？　お兄ちゃん、体力持たないぞ……？」

「当然！　だってせっかく来たんだもん！　全部行かないともったいないよー」

本当にとても楽しそうに、葵が声を弾《はず》ませる。

まあ、そうだな……。せっかく葵が喜んでいるんだ。俺や三姉妹《しまい》たちと遊びに来られて、すごく楽しんでくれている。それなのに、わざわざ水を差すこともないか。

「お兄ちゃんもちゃんと付き合ってよね！　一緒に遊んであげるから！」

「はいはい……。お相手させてもらいますよ」

葵が俺に手を差し出す。俺は苦笑しながら、それを掴《つか》もうと手を伸ばした。

だがその時。鼻先に冷たい感触《かんしょく》が走る。

「ん……？」

見上げてみると、いつの間にかどんよりとした雲が立ち込めていた。

そして、次の瞬間には滝《たき》のような雨が降り出してくる。

「キャッ！　なにこれ!?　すごい雨だよ、お兄ちゃん！」

「ゲリラ豪雨《ごうう》か⁉　早くどっかに避難《ひなん》しないと！」

視界がかすむほどの豪雨に、他のお祭り客も慌《あわ》てて雨宿りをしようと駆けだす。大勢の人が一気に動き、辺りはちょっとしたパニックになった。

「これ、ヤバイですよ！　雨宿りしないとずぶ濡れです！」

「でも、そんな場所どこにあんの⁉　この近くお店とかないし！」

「落ち着けって、お前ら！　とりあえず、どっか探しか――」

「ねえ皆、あっちに行こう！　公園の奥に神社があるから、軒下《のきした》で雨をしのげるかも！」

「マジですか⁉　ありがとうございます！」

雪音さんの機転で方針が決まる。

そして俺たちは人の波を何とか抜けながら、神社の方へ駆けて行った。

※

「はぁ……はぁ……。やっとたどり着いた……」

ちょっとした林のような道を進み、俺たちはようやく神社にやってくることができた。

流石《さすが》はゲリラ豪雨。急いで避難したにもかかわらず、俺たちは全員ずぶ濡れだった。

しかも俺たちが避難を終えた直後に、ちょうど豪雨が止《や》みやがった。どんだけタイミング悪いんだよ……。

まあ、でも早く止んでくれてよかった。おかげでこの後の花火大会には特に影響《えいきょう》がないようだ。『花火大会は予定通り行われます』という運営委員のアナウンスが、ここまではっきり聞こえてくる

しかし、少しだけ問題もあった。

「うわっ……。浴衣《ゆかた》、大変なことになってんだけど……」

「なっ⁉」

落ち着いて、初めて気が付いた。三姉妹たちの浴衣が雨で濡れたせいで、スケスケになってしまっていた。

「あら……これじゃあ、人前に出られないね……」

「うう……びちょびちょで気持ち悪いです……」

三人とも浴衣が体にぴっちりと張り付き、下着や肌《はだ》がはっきりと見えてしまっている。

花鈴の穿《は》いている挑発《ちょうはつ》的な赤い下着が、月乃の美しい曲線を描《えが》く丸く張《は》り詰めた桃尻《ももじり》が、雪音さんの大きく膨《ふく》らんだ浴衣を押し上げるほどの巨乳《きょにゅう》が、艶《あで》やかに強調されている。その分、ただ裸《はだか》でいるよりもいやらしく危険な光景だった。

「しかも、なんか足痛いし……。浴衣に合わせて下駄《げた》履《は》いたのが間違《まちが》いだったわ……」

「あ、実は花鈴も……」

「私もだよ～。普通の靴《くつ》にすればよかった……」

また、慣れない下駄を履いて走ったせいで、三人とも足も痛めているようだった。鼻緒《はなお》が足に食い込んで、赤い跡《あと》ができてしまっている。しばらくは動かない方がいいだろう。

「こうなったら、ここでちょっと休んでいくか……」

俺は彼女たちの姿を見ないよう、目を逸《そ》らしながら提案する。

幸い、ここには俺たち以外いないから人の目を気にする必要はない。暑いからきっと浴衣もすぐに乾くだろうし、足の痛みも動かなければ多少回復するだろう。

「そうしよっか～。ちょっと時間がもったいないけど、花火が始まるまでここにいよう」

「でも……逆に考えれば、これも先輩を落とすチャンスですね……！　花鈴の下着見ていいですよ！」

「おま！　馬鹿《ばか》、やめろ！　近づいてくんな！」

これ幸いと、花鈴が誘惑《ゆうわく》するためにスケスケの姿で近づいて来る。ってか、マジでやめてくれ！　性癖《せいへき》バレるぞ！

「ちょっと！　はしたないわよ花鈴！　アタシの天真に変なコトしないで！」

「いつから月乃お姉ちゃんのになったの？　先輩は花鈴と一緒《いっしょ》にいたがっているのに！」

「ほ～ら、天真君。私のおっぱい、好きなだけ虐《いじ》めていいんだよ～？」

「あーっ！　雪姉、空気読んでよ！　天真はアタシの胸を触《さわ》るのよ！　はぁはぁ……！」

「二人とも邪魔《じゃま》だよ！　先輩、花鈴の裸を見て！　全裸《ぜんら》の花鈴、好きになってください！」

三人が性癖を出しかけながら淫《みだ》らに俺に迫《せま》ってきやがる。

「おいおい、やめてくれ！　変なケンカすんな！　葵の教育によくないだろ！」

また修羅《しゅら》場《ば》になりそうな気配を感じ、三人の間に割りこんで止める。

可愛《かわい》い妹にこんな修羅場を見せたくはない。せめて祭りが終わるまでは控《ひか》えてもらわないと困る。

「頼《たの》むから、祭りの時くらいそういうのは無しにしてくれよ。葵だって、皆《みんな》のケンカなんて見たくないよな？」

三姉妹たちを止めようと、俺のすぐ横をついてきていた葵に向けて声をかける。

しかし——なぜか返事はなかった。

「葵……？」

不思議に思い、辺りを見回す。だが、どこにも葵の姿が見えない。

「え……？」

おい……。ちょっと待て。待ってくれ……。嫌な予感が這《は》い上がってくる。

「な、なあ！　月乃たち！　誰《だれ》か葵を知らないか⁉」

「あれ……？　そう言えば、葵ちゃんは……？」

「え……？　さっきまで一緒にいたはずですけど……」

「おかしいね……。どこにもいないよ……？」

三姉妹たちが全員キョロキョロとあたりを見回している。誰も葵の居場所を知らない。

お、おい……。嘘《うそ》だろ……？

ひょっとして……。葵とはぐれてしまったのか……⁉

「そ、そんな……！」

多分ここまで避難する途中《とちゅう》で、葵が人混《ひとご》みに巻き込まれたのだろう。そしてはぐれてしまったのに気付かずに、先に進んでしまったんだ……。

「早く……早く捜《さが》さないと！」

俺は慌てて屋台の方へ戻《もど》ろうとする。

今頃《いまごろ》葵は、一人で心細い思いをしているはずだ。早く見つけてやらないと！

「天真君！　私たちも捜しに行くよ！」

すると、雪音さんたちが一緒について来ようとした。

そんな彼女たちを、俺は強い口調で止める。

「いや、ダメです！　皆はここにいてください！」

「なんでよっ⁉　アタシたちだって心配なのに！」

「そうですよ！　行かせてもらいます！」

月乃と花鈴が反抗《はんこう》し、同時に走り出そうとする。だが――

「痛っ――！」

顔をしかめ、二人がその場にうずくまった。そして、足の赤くなった部分を見る。

「皆、さっき走って足を痛めただろ？　そんな状態で捜しになんて行かせられない。浴衣だって透《す》けてるんだから、人前に出るのは絶対にダメだ！」

少なくとも浴衣が乾くまでは、三人にはここにいてもらわないと困る。

「それに、これは俺が葵を見てやれなかったせいだ！　俺が責任をもって見つける！　だから皆は待っててくれ！」

「あっ、ちょっと！　天真っ！」

今は少しでも時間が惜しい。返事もせず、俺は屋台の方へ駆《か》けて行った。

※

公園の方へ戻ってくると、すでに屋台は再開していた。

通りは雨なんか降らなかったかのように、再びたくさんの人で溢《あふ》れている。これじゃ背の小さな葵を捜しだすのはかなり難易度が高いだろう。

「くそっ……！　葵……近くにいてくれよ……！」

だが今は、とにかくしらみつぶしに捜すしかない。葵はケータイを持っていないし、他に見つける方法がない。

俺は大勢の人の間を必死に通り抜《ぬ》けながら、辺りを見回して葵を捜す。

「おーいっ！　葵ー！　返事してくれー！」

周りの訝《いぶか》し気な視線も気にせず、彼女の名前を大声で呼ぶ。

「葵ー！　どこにいるんだよー！」

しかし、全く返事はない。声を出しながら公園の中を走り回るが、葵の姿が見えることも、返事が聞こえることもない。それどころか祭囃子《まつりばやし》などの喧騒《けんそう》で、俺の声が届いていない可能性もある。

その上、このお祭り会場は広い。大きな公園の全《すべ》てが会場になっているから、一人ではなかなか回り切れない。いくら声を張り上げたところで遠くにいたら聞こえないし、隅《すみ》から隅まで捜そうとしても、入れ違《ちが》いになることもある。

『お兄ちゃんもちゃんと付き合ってよね！　一緒に遊んであげるから！』

不意にさっきの葵のセリフが頭の中に蘇《よみがえ》る。はぐれる直前の葵の笑顔《えがお》が、アイツが俺に差し出した手が、はっきり目の前に浮《う》かんでくる。

くそ……！　あの時俺がちゃんと葵の手を繋《つな》いでいれば、こんなことにはならなかったのに……！

「俺としたことが……！　なんてザマだ……！」

本来なら一瞬《いっしゅん》たりとも葵から目を離《はな》しちゃいけなかったのに！　俺の馬鹿！　俺なんかお兄ちゃん失格だ！

いや、嘆《なげ》いている暇《ひま》なんてない。今は早く葵を見つけてやらないと……！

しかし、さっきまでいた金魚すくいの屋台まで来ても、葵は発見できなかった。もしかしたらその場に留《とど》まって俺を待っているかもと思ったが、そんな希望も打ち砕《くだ》かれた。

葵は今頃《いまごろ》、一人でいるのが寂《さび》しくて泣いてしまっているかもしれない。葵も俺のことを必死に捜して、同じように胸を痛めているかもしれない。そう思うと、狂《くる》いそうになる。

それどころか、もしかしたら悪い奴《やつ》に目を付けられているかもしれない。不良グループにカツアゲされたり、悪い奴に誘拐《ゆうかい》されたり……嫌《いや》な想像がどんどん頭に浮かんでくる。早く見つけてあげないと。そんな思いがますます強くなる。呼吸がどんどん浅く、荒《あら》くなり、焦《あせ》りで嫌な汗《あせ》が噴《ふ》き出してきた。

「くそっ……！　早く、早くしないと……！」

こうなったら、とにかく一度人混みから出よう。このままじゃ身動きも取れないし、人通りの少ない場所を通って公園全体を見回ろう……！

そう思い、道の端《はし》の茂《しげ》みへ飛び込もうとする。

だが——

「しまっ……！」

焦りすぎたらしく、道の段差に躓《つまず》いてしまった。重心が一気に前へ傾《かたむ》き、顔から地面に倒《たお》れそうになる。

瞬間、誰かに手を摑《つか》まれた。

「え……？」

引っ張られ、傾いた体を起こされる。そして後ろを振《ふ》り向くと……

「危ないわよ、アンタ。怪我《けが》するじゃない」

「焦りすぎですよ、天真先輩《せんぱい》」

「もっと落ち着いて捜そうよ。きっと無事に見つかるから」

三姉妹《しまい》たちが、そこにいた。

雪音さんと花鈴が手を摑み、転びそうな俺を助けてくれた。

「み、皆……⁉　なんでいるんだよ⁉　待ってるように言ったのに……！」

彼女たちの服は、まだ生乾《なまがわ》きだ。近くでよく見れば、下着が透けているのが分かる。こんな状態で外に出たら、周りからおかしな目で見られてしまうかもしれない。それに、足だって痛めてるのに——

「いや、待てるわけないじゃん。葵ちゃんがはぐれちゃってるのに」

「心配しなくても、花鈴たちは大丈夫《だいじょうぶ》ですよ！　足の痛みなんてへっちゃらです！」

「服だって、そう簡単には透けてると思われないはずだよ。一応、体も手で隠《かく》してるし」

しかし彼女たちは気丈な笑顔を俺に向ける。

「というわけで、ここからは皆で一緒に捜しましょう！　その方が効率いいはずです！」

「四人いれば手分けして捜せるからね！　私は公園の北側を捜すから、花鈴ちゃんは東側を、月乃ちゃんは南側をお願い！」

「了解《りょうかい》！　見つけたらグループラインで連絡《れんらく》するわよ！」

「なっ、おい！　ちょっと待ってくれ！」

それぞれ散ろうとする彼女たちを、俺は咄嗟《とっさ》に呼び止めた。

「無理するなって！　これは俺たち家族の問題だ！　お前たちが無理することじゃない！」

「何言ってるんですか、天真先輩！」

花鈴が今まで見たことないほど、俺に怒《いか》りの感情を向けた。

「葵ちゃんは、花鈴たちの家族も同然です！　妹みたいなものなんです！」

「私たちは、仮とは言っても夫婦なんだよ？　夫の妹は家族に決まっているでしょう？」

「だから、余計な遠慮《えんりょ》するんじゃないわよ。アタシたちにも手伝わせなさい」

「み、みんな……」

三姉妹たちがかけてくれる言葉に、俺の焦りが——孤独《こどく》感が少しだけ和《やわ》らいだ。

「それじゃあ、今度こそ皆で捜そう！　月乃ちゃんも花鈴ちゃんも、怪我しないように気を付けて！」

「分かってるって！　それより二人とも、服透けないように注意してよ？」

「大丈夫！　段々乾いてきたから！　お姉ちゃんたちも、これ以上足痛めないようにね！」

三姉妹たちがお互《たが》いを気遣《きづか》い、それぞれの方向へ駆けていく。

「天真君は、残りの西側をお願いね！　できるだけ早く見つけてあげよう！」

「は、はい……。ありがとうございます……！」

彼女たちは、本気で葵のことを心配してくれてる。きっと三人は俺がどれだけ止めても、葵のために身を削《けず》って動いてくれるのだろう。その気持ちが痛いほど伝わってきて、なんだか感極《かんきわ》まってしまう。

それに……修羅場《しゅらば》になってからケンカばかりだった三姉妹が、葵のために協力している。

今まで通り、また仲良く声をかけあっている。

こんな状況《じょうきょう》なのに、それが無性《むしょう》に嬉《うれ》しかった。

※

しかし、そんな感情もあまり長くは続かなかった。

四人で捜し始めても、葵は中々見つからなかった。あれからさらに十分以上、皆で妹を捜し回っている。

その上、祭りのメインである花火の時間が近づいているため、人通りがますます多くなっていた。今まで以上に動きにくくなり、葵を見つけづらくなる。

途中何度か葵の姿が見えた気がして振り向くも、それらは全て気のせいだった。葵を捜し求めるあまり、頭が錯覚《さっかく》を起こし出していた。

「くそっ……！　葵……！　お願いだから出てきてくれよ……！」

　この人混みの中から葵を捜し出すなんて、砂漠《さばく》で特定の砂粒《すなつぶ》を見つけ出すくらい不可能な仕事に思えてくる。あまりの絶望感に、涙《なみだ》がこみ上げてきそうになった。

「あっ、天真――！」

　ふと、月乃の声が耳に届く。

見ると、三姉妹たちが揃《そろ》ってこちらへ走ってきていた。三人とも、自分たちのエリアを捜した後で、一度合流したのだろう。

「み、皆《みんな》……！　そっちはどうだ⁉」

「ごめん、天真君……。まだ見つからないの……」

「花鈴の方にもいませんでした……。一応、かなり細かく捜したんですけど……」

「アタシも同じ……。残念だけど……」

「そうか……」

　やはり、まだ葵は見つかっていないようだ……。

　手分けをしても中々捜索《そうさく》がうまくいかない現状に、また暗澹《あんたん》とした気持ちになる。この世の全てが黒く塗《ぬ》り潰《つぶ》されていくような、逃《に》げ場のない絶望に襲《おそ》われる。

「どうしよう……。このまま見つからなかったら……」

思わず、弱音が漏《も》れ出してしまう。

「俺はもう、二度と葵に会えないのか……？　二度とアイツの声を聞けないのか……？」

「ちょっ、天真！　そんなワケないじゃん！　遅《おそ》くても祭りが終わったら、フツーに合流できるって！」

「でも、もしも誘拐とかされてたら……？　変な事件に巻き込まれてたら……？」

「そ、それは……」

葵は可愛《かわい》いし、背格好も実際より小さく見える。そういった事件のターゲットにされても決しておかしくはないだろう。

「もしそうなったら、俺のせいだ……！　俺のせいで、葵が危険な目に遭《あ》うんだ……！」

「天真……」

両目が熱くなり、視界がぼんやり歪《ゆが》んでいく。自然と顔が下に向き、水滴《すいてき》が地面にぽたぽたと落ちた。

可愛い妹に万が一のことがあったら……。少しでも想像しただけで、心配で胸がいっぱいになる。可愛い妹を守れない自分のことが情けなくて、思わず涙を零《こぼ》してしまう。

「天真君……。本当に葵ちゃんのことを大切に思っているんだね……」

と、雪音さんの声がなぜか耳元で聞こえてきた。

次いで、ふわっと体が包まれる感覚。

俺の体を、温かい何かが包み込んでいる感触《かんしょく》がする。

驚《おどろ》いてハッと顔を上げる。すると、雪音さんが俺の目の前にいた。

「大丈夫。大丈夫だよ、天真君」

雪音さんが俺の背中に手を回し、優《やさ》しく守るように抱《だ》きしめていた。

「雪音……さん……？」

突然《とつぜん》の抱擁《ほうよう》に、思わず一瞬呼吸を忘れる。

彼女は片手で俺の背中を抱き寄せて、残った片手で俺の頭を撫《な》でてきた。

「葵ちゃんはすぐに見つかるよ。だから、そんなに心配しないで？」

優しく慈《いつく》しむような手つきで、俺の頭をゆっくりと撫でる雪音さん。

彼女の行動に、俺は何も言えずに固まった。

「そうですよ、先輩《せんぱい》。心配なんてしなくていいです」

その上、花鈴も右から俺を抱く。励《はげ》ましの言葉をかけながら、ギュッと力強く抱きしめてくる。

「大丈夫です。花鈴たちが必ず、葵ちゃんを見つけてみせますから」

「か、花鈴……」

二人の抱擁が、落ち込みのあまり倒れそうだった俺の体を支えてくれる。折れそうだった俺の心を、優しく支えてくれている。

さらに――

「て……天真っ！」

月乃まで、左側から俺のことを抱きしめてきた。

「つ、月乃……!? お前まで何をしてんだよ……!?」

発情癖《へき》を持つ月乃が、こんなに大勢の人がいる前で、自ら俺に接触《せっしょく》する。初めての事態に息が止まった。

そして性癖への危機感から、月乃から離《はな》れようと身をよじる。

しかし彼女は、さらに強く俺を抱きしめてきた。

「いいから……。今は、こうしてて……」

穏《おだ》やかな口調で言いながら、月乃も俺の頭を撫でる。

彼女もまた、俺を慰《なぐさ》めてくれていた。

そして、気づく。月乃の手が、微《かす》かに震《ふる》えていることに。

きっと月乃は……恐《おそ》れているんだ。人前で自ら、俺に直接触《ふ》れることに。

月乃にとって、男に触れる行為《こうい》はリスクの塊《かたまり》であるはずだ。特に、今は側《そば》に大勢の人がいる。下手に俺に近づけば、発情癖を大勢の人に見られてしまう可能性がある。家で俺を誘惑《ゆうわく》したように接することはまずできない。

あの二人と張り合っている時とは違《ちが》い、今の彼女はそれを忘れてはないだろう。そして彼女はそんな事態を、一番恐れているはずだ。怖《こわ》くて、震えてしまうほど……。

それでも月乃は、俺を抱きしめたままでいる。慰めるために抱きしめている。

自分のことを顧《かえり》みず、俺を気遣い触れてくれた……。

「アタシたち、絶対に天真の力になるから。だから、諦《あきら》めたりしないでよ」

「月乃……」

その抱擁には、不思議な温かさがあった。

彼女たちの優しさが心の奥に染みていくような感じがする。

そのためか、なんだか気持ちが楽になる。嬉しくて、すごくホッとする。

今だけは心が軽くなったような気がした。

「……！」

「あんまり自分を責めちゃダメだよ？　天真君は、何も悪くないから」

彼女たちの言葉で、暗い気持ちが晴れていく。

胸の奥に、何か熱いものがこみあげてくる。

「分かったら、もう泣かないでくださいね。葵ちゃんに笑われちゃいますよ？」

三姉妹《しまい》たちに抱きしめられて、救われたような気分になった。

「……ああ、悪かった……。もう、大丈夫《だいじょうぶ》だ」

気が付くと、すでに涙は収まっていた。

そして、もう一度頑張《がんば》る気力が湧《わ》いてくる。

「それじゃあ、捜索再開するわよ！　まだ見てないところがあるかもだし！」

「ああ……！　絶対に見つけてみせる！」

俺たちはまた、互いに来た道を戻《もど》ろうとする。

と、その時。

『ピーンポーンパーンポーン』と、公園内のスピーカーからアナウンスが鳴りだした。

『迷子のお知らせをいたします。××町からお越《こ》しの一条《いちじょう》天真様。ご家族の方がお見えですので、至急本部へお越し下さい――』

「え……？」

※

「あ――っ！　お兄ちゃん！　お兄ちゃ――――ん！」

　放送を聞いてお祭りの運営委員がいるテントへ行くと、葵が泣きながら抱きついてきた。

「お兄ちゃんのバカ！　勝手に私から離れちゃダメでしょ！　だから迷子になっちゃうんだよ！」

「ああ、ゴメンな……！　お兄ちゃんが悪かった！」

　力強く俺にしがみつく葵を、俺も思いっきり抱きしめる。

　なぜか葵の中では、俺が迷子になったことになっていたが、そんなのは些細《ささい》な問題だ。

　運営委員のお姉さんたちが、とても微笑《ほほえ》ましそうな目で俺たちのことを見つめてるけど。

「ふぅ……。やっと解決したわね」

「葵ちゃんも、元気そうでよかったです！」

「何事もなくてホッとしたよ～」

　加えて三姉妹たちも、俺たちに笑顔を向けていた。

「ありがとな、三人とも……。みんなのおかげで助かった」

「花鈴たちは、結局役に立ちませんでしたけどね」

「そんなことないさ。皆のおかげで、不安な気持ちが大分楽になったから」

もし三人が俺を追いかけてくれなかったら、葵が見つかるまでに心が死んでいたかもしれない。

「天真、途中《とちゅう》でガチ泣きしてたもんね～。『俺のせいで葵が～』ってさ」

「あっ⁉　馬鹿《ばか》！　それ今言うなよ月乃！」

「お兄ちゃん、それホント……？　えへへ……。やっぱりお兄ちゃんは、私がいないとダメなんだから」

なぜだか非常に嬉《うれ》しそうに、葵が頬《ほお》を赤く染める。ああもう、可愛いなコンチクショウ。

そう思い、口元を緩《ゆる》ませた瞬間《しゅんかん》。

ドン！　と、空気を揺《ゆ》らす重厚な音がテントの外から聞こえてきた。

「あっ！　花火始まりました！」

「えっ、マジ⁉　どこどこ⁉」

三姉妹たちがテントから出る。俺と葵もそれに続いて、皆で夜空を見上げてみた。

すると、再び花火が上がった。

光の鱗粉《りんぷん》が、深い藍色《あいいろ》の夜空に打ち上げられる。赤や緑、黄色に青に橙《だいだい》など、色鮮《いろあざ》やかな輝《かがや》きが続けざまに花開いては、心地よい轟音《ごうおん》が耳朶《じだ》を打つ。風で運ばれた火薬の香《かお》りが、さらに気持ちを昂《たかぶ》らせた。

「わーっ！　すごく綺麗《きれい》だよ！　お兄ちゃん！」

「ああ、綺麗だな。本当に……」

夜空を彩《いろど》る大輪の花に、葵がテンションを上げて叫《さけ》ぶ。俺は花火よりもそんな妹を眺《なが》めていたい気持ちにかられる。

「あっ！　今の花火、ハート形だったよ～！　変わった形のもあるんだね～」

「うわ、メッチャ可愛いんだけど！　どうしよ、写真撮《と》らないと……」

「そんなことしてたら消えちゃうよ？　それよりちゃんと目に焼き付けようよー」

そして、俺たちの隣《となり》で三姉妹たちも、とても楽しそうにはしゃいでいた。

あの修羅場《しゅらば》の最中には見せなかった表情で、今までの彼女たちのようなとても明るい表情で、顔を合わせて笑い合う三人。

「ねえ皆《みんな》！　せっかくだから、もっと近くで観に行かない？」

「賛成！　あっちの高台の方ならかなり綺麗に見えるんじゃない？」

「葵ちゃん！　一緒《いっしょ》に行きましょう！」

「あっ、花鈴さん！　ちょっと待ってー！」

和気あいあいとした雰囲気《ふんいき》で、彼女たちが駆《か》けていく。その光景は穏やかで、愛《いと》しさすら感じるほどだった。

「お兄ちゃんも早くー！　おいてっちゃうよー！」

「ああ、悪い。今すぐ行くよ」

花火は、一瞬で消えてしまう。

それでも、この時間がずっと続けばいいのにと、俺は願わずにいられなかった。

※

あの後、俺たちは河川敷《かせんしき》の近くの高台へ移動し、皆で一緒に花火を眺めた。

そして今はお祭りが終わり、人通りの減った道を通って皆で家に向かっていた。

「あはは。葵ちゃん、眠《ねむ》っちゃいましたね」

「ああ。色々あったからな。はしゃぎすぎて疲《つか》れたんだろう」

俺はすやすやと寝《ね》ている葵を背負い、彼女を起こさないようにゆっくり歩く。俺が数々のバイトで鍛《きた》えたことと葵が軽いこともあり、全く苦にはならなかった。

「でも、花火本当に綺麗だったね～！　なんだかすごくワクワクしちゃった」

「夏祭りなんて久しぶりに来たけど、思った以上に楽しめたし、最高！」

「ほんと、葵ちゃんに感謝だよ！」

三姉妹たちは祭りの余韻《よいん》に浸《ひた》りながら、笑顔《えがお》で会話を続けていた。

その姿を見て、俺は思う。やっぱり彼女たちには、ずっとこのままでいてほしいと。

「なぁ三人とも……。いい加減、争うのは止《や》めないか？」

そして、俺は意を決して切り出した。

「争い……？」

俺の言葉に、数瞬遅《おく》れてはっとなる月乃。他の二人も、同じような反応をとった。

どうやら思い出したらしい。自分たちが俺を取り合っていたことを。

「三人とも、本当はケンカなんてしたくないはずだろ……？　だから、もうあんな修羅場を繰《く》り広げるのはやめてほしい。三人が仲違《なかたが》いしてるのを見ると、俺も心が痛むんだよ」

皆には、俺のことなんか諦めて仲良し姉妹に戻ってほしい。そう俺の気持ちを訴《うった》える。

でも……。

「……すみません。それはできません」

花鈴が首を横に振《ふ》った。

「なんでだよ……⁉　今だってあんな仲良さそうにしてたのに……！」

「だって花鈴たちは、全員先輩《せんぱい》に恋《こい》するライバルですから。争わずにはいられません」

「アタシも同感。今まで通りに仲良くするわけにはいかないわ」

「私は長女として二人を大事に思ってるけど、それとこれとは別だから」

彼女たちが、再び互《たが》いに敵意を剝《む》き出しにする。修羅場の空気が戻ってきた。

「それに――お姉ちゃんたちは、いつもこっそり先輩と仲良くしてました。先輩との間に何か秘密もあるみたいですし、恋敵《こいがたき》として心を許すわけにいきません」

「それを言うなら花鈴ちゃんも、前から私たちに隠《かく》れて天真君とイチャイチャしてたよね？　なんだか、そういう関係に見えたよ？」

「それは雪姉も同じじゃん。実は隠れて天真と付き合ってるんじゃないの？　天真も立場的にアタシたちと付き合えないとか言ってるけど、仕事に支障が出ないように隠してるだけかもしれないし」

三姉妹たちが睨《にら》み合い、お互いに疑惑《ぎわく》の目を向けて追及《ついきゅう》する。

とてもさっきまで仲良く花火を観ていた姉妹とは思えない。今なら仲直りできるかもなんて甘い期待は吹《ふ》き飛んだ。

でも、その代わり。今の彼女たちの言葉で俺は一つだけ気が付いた。

この三人は、ただ俺のことを取り合っているからここまでケンカしてるんじゃないんだ。

みんな、大好きな姉妹が自分の好きな人と隠し事をしているのが嫌《いや》なんだ。

その感情が俺への好意と重なって、ここまで激しい修羅場に発展している。

そう思うと、これ以上見ていられない気持ちになった。

「……確かに、俺は皆と秘密を共有してるぞ」

気づくと、俺はそう言っていた。

「皆との間に、俺はいくつか秘密を共有してる。そのことはキッパリと認めよう」

『や、やっぱり……！』

三姉妹たちの、お互いを睨む目がさらに尖《とが》る。片思いをしているフリをして、実は付き合ってるんじゃないか。必死にアピールする自分を見て、内心では余裕《よゆう》で笑っているんじゃないか。そんな疑いを強め、互いに追及しようとする。

「でもさ……。姉妹って、隠し事があっちゃいけないのかな？」

『え……？』

しかし俺の声に、三人が睨み合いを中断した。そして、不思議そうな顔で俺を見る。

「俺はさ。別に姉妹でも、秘密があってもいいと思うんだ。いくら家族だからって、言いたくないことを無理に言う必要はないし、無理に言わせるのも間違《まちが》ってるだろ？」

「それは……そうかもしれませんけど――」

「それに、相手が大切だからこそ言えないこともあると思うんだ。皆にも、大事な人には絶対に言えない秘密があるんじゃないか？」

『――！』

その言葉に、はっとなる三姉妹たち。全員、性癖《せいへき》のことを思い浮《う》かべたようだった。

俺は三姉妹の秘密を知っている。そして彼女たちが姉妹同士で大切に思いあっているからこそ、それを打ち明けられずにいることも。

「だから、お互いの秘密を気にするのなんてやめようぜ」

「で、でも……！　もしお姉ちゃんたちが先輩と付き合ってたら、それはさすがに許せませんよ！」

「私も、そういう秘密はよくないと思う！　徹底《てってい》的に追及しないと！」

「どんな秘密を持っているか分からない以上、信用なんてできないでしょ……！」

しかし彼女たちは、まだ相手の秘密を探《さぐ》ろうとする。俺と他の二人との関係を疑い、追及の姿勢を崩《くず》さない。

「なるほどな……。信用できないか。確かに、俺もその気持ちは分かるよ。――ちょうど今日、それで葵を泣かせてしまったばかりだからな」

「え……？」

俺は三人に、今日実家で起こったことを話した。俺も葵を信用せずにアイツが隠したものを暴《あば》き、傷つけてしまった出来事を。

「あの件で俺は痛感したよ。相手を疑って秘密を暴いても、いい方向には転ばない。人の秘密なんて、暴くものじゃないって。そして、もっと妹を信用してやるべきだったたって」

特に俺たちは、たった一人の兄妹《きょうだい》なんだ。葵を信用できないで、お兄ちゃんと呼ばれる資格はない。

そしてそれは、彼女たちにも言えることだ。

「お前たちも本当に姉妹《しまい》なら——相手を信用するべきじゃないのか？　相手を理解する優《やさ》しさや、温かさを持つべきじゃないのか？」

姉妹同士、それは決して難しいことじゃないはずだ。彼女たちはもともと、お互いのことを誰《だれ》より思いやっていたのだから。

「大事なのは、秘密を暴こうとすることじゃなくて、お互いに秘密を持っていることを理解してあげることだと思う。それに……どんな秘密があったとしても、姉妹がお互いを思いやる気持ちは、きっと変わらないだろう？」

「…………」

俺の問いかけに、三姉妹たちが黙《だま》り込む。

そしてしばらくの沈黙《ちんもく》の後、彼女たちは訥々《とつとつ》と呟《つぶや》いた。

「そう……だね……。天真君の、言う通りかも……」

「アタシたち……恋敵だからって、疑心暗鬼《ぎしんあんき》になりすぎだったね……」

「改めて思うと、過剰《かじょう》に反応しすぎてました……」

皆が自分たちのことを省《かえり》みる。そして、互いに頭を下げた。

「みんな……ゴメンっ！　アタシ、もっと二人を信用するべきだった！」

「花鈴も、ごめんね……？　先輩のことでいっぱいいっぱいになってたみたい……」

「私も、本当にごめんなさい……。これからは長女として、二人のことを信用する」

それぞれが謝《あやま》り、修羅場特有のピリピリとした空気が消える。

よかった……。これで三姉妹たちも、あんな争いを止めてくれる。元の仲の良い姉妹に戻《もど》ってくれる。

そう思うと、自然と体が軽くなった。

※

三姉妹たちがお互いに謝り、無事に仲直りを果たした後。

分かれ道に差し掛《か》かり、俺は一度足を止めた。この道の片方が神宮寺《じんぐうじ》家に、もう片方が俺の家へと続いている。

葵を実家に連れていくために、俺はとりあえず帰らないといけない。そこでいったん、彼女たちに別れを告げようとする。

しかし……。

「ねえ、皆《みんな》……。ちょっといい？」

俺が立ち止まるのとほぼ同時に、月乃がゆっくりと切り出した。言いにくそうな、重い声で。

彼女の言葉に、全員が月乃の方を向く。

「アタシ、実は皆に一つ隠してたことがあるの。今まで、どうしても言えなかったこと隠してたこと──その言葉で、例の秘密が頭に浮かんだ。

お、おい……。どうしてわざわざ、そんなことを宣言するんだ……？

そんな疑問を抱《いだ》いた瞬間《しゅんかん》、月乃が信じられないことを言い出した。

「さっきのお詫《わ》びに……皆に、それを聞いてほしい」

「なっ……！　月乃っ⁉」

発言に驚《おどろ》き、彼女の名前を口にする。

こいつ、まさか秘密を自分から話す気なのか⁉

動揺《どうよう》し、俺は咄嗟《とっさ》に彼女を止めようと前へ出る。

しかし月乃はそんな俺に、決意のこもった瞳《ひとみ》を向けた。

「……っ！」

それを見て、俺は何も言えなくなった。

彼女が本気だと、その眼差《まなざ》しだけで分かったから。

「………」

俺が妨害《ぼうがい》しないと分かると、月乃は静かに俯《うつむ》いた。

彼女は何度か深呼吸をし、その後、不思議そうにしている花鈴たちを見る。

そして……ついに口にした。

「アタシね……。実は、すっごく変態なの！」

隠し続けてきた、自分の秘密を。

「え……えぇ……？」

「ど、どういうこと……？　月乃ちゃん……」

花鈴も雪音さんも、予想外のカミングアウトに頭が追いつかないようだ。

そんな二人に、月乃は丁寧《ていねい》に説明する。

「アタシね……。言いにくいんだけど、実は発情癖《へき》があって……。男に触《さわ》られたりして異性のことを意識すると……。その……。エッチな気持ちになっちゃって……」

下を向き、視線を泳がせながらも、月乃は言葉を紡《つむ》いでいく。

「それで、すぐ我を忘れて相手を襲《おそ》ったり、誘惑《ゆうわく》したりしちゃう変態なの……。ちなみに、天真と隠れてイチャついてたのも、全部その性癖が原因。天真相手に発情して、エッチなことをしようとしてた……」

「そ、それ……。本当なの？　月乃ちゃん……」

「うん……。二人には言うべきかなって悩《なや》んでたけど……こんな性癖持ってるって知ったら嫌《きら》われちゃうかもしれないって思って、怖《こわ》くて今まで言えなかったの……。でもアタシ、もっと二人のことを信用したい。これだけで、二人がアタシを嫌ったりしないと信じたい。それで、覚悟《かくご》して打ち明けた……」

月乃の秘密を聞いた二人が、目を丸くして硬直《こうちょく》する。呼吸すら忘れているように見えた。

「だから、お願い二人とも……。アタシのこと、嫌いにならないで……？」

そんな彼女たちに、不安そうに懇願《こんがん》する月乃。

しかし、これで二人が月乃を嫌いになるはずがない。

だって――

「つ、月乃ちゃん！　実は、私もなの！」

「か、花鈴も！　花鈴もそうだよ！」

他の二人も、月乃と同じなんだから。

「え……え……？　どういうこと……？」

きょとんとする月乃に、二人が順番に話していく。

「私、いわゆるドMなの……。長女の私がこんなに変態だって知れたら、皆にも迷惑《めいわく》がかかると思って誰にも言ってなかったけど……自分の体を縛《しば》ったり、男の人にえっちなご奉《ほう》仕《し》をしたりして興奮しちゃう変態で……。天真君にはバレちゃったから、性欲を満たすためにプレイに付き合ってもらってたの……」

「じ、実は花鈴も……。花鈴はその……露出《ろしゅつ》が好きで……。下着姿や裸《はだか》を見られるとすごく興奮しちゃうんだ……。それで偶然《ぐうぜん》花鈴の秘密を知った先輩《せんぱい》に、よく胸とかお尻《しり》を見せつけて、えっちな快感に浸《ひた》ってた……。あと、露出物のえっちな漫画《まんが》を自分で描《か》いちゃったりもしてる。今までは、お姉ちゃんたちにこんな弱みを見せたくなくて隠《かく》してたけど……」

「え、嘘《うそ》……？　それ、ホント……？」

今度は月乃が二人に尋《たず》ねる。驚きのあまり、上ずった声で。

「私を気遣《きづか》ってるとかじゃなく？　ほんとに二人とも、そういう性癖を持ってるの？」

恥《は》ずかしそうに顔を真っ赤にし、雪音さんと花鈴がゆっくりと頷《うなず》く。

「それじゃあ……天真が皆と共有してる秘密って……」

「まぁ……。そういうことになるな……」

こちらに顔を向ける月乃に、俺は正直に白状した。

「そ、そうだったんだ……。アタシ、二人が隠れて天真と付き合ってるのかと……」

「私もそうだと思ってたよ～……。二人とも、天真君とイチャイチャしてたから……」

「花鈴も、付き合ってるまではいかなくても、ただならぬ関係だとばかり……」

お互《たが》いの秘密を晒《さら》し合い、彼女たちの抱く疑いが晴れた。三人が安堵《あんど》の息を吐《は》く。

「でもまさか……。アタシたちが、三人揃《そろ》って変態だなんて……」

「あはは……。月乃ちゃんの秘密を聞いて、すごくびっくりしちゃったよ……。それに、花鈴ちゃんもだったなんてね……」

「それは花鈴のセリフだよ！　お姉ちゃんたちまで、そんなえっちだなんて思わないもん！」

意外な事実に、全員かなりの衝撃《しょうげき》を受けているようだ。

姉妹たちの意外な性癖を知り、驚愕《きょうがく》のあまり戸惑《とまど》いの表情を浮《う》かべている。にわかには信じがたい告白に、混乱しているようにも見えた。

そんな中——月乃がボソッと静かに呟く。

「いや、でも……。正直、露出はちょっとないんじゃない……？　自分から脱《ぬ》いで天真に裸を見せつけるわけでしょ？　それで興奮するとか、ないわ～……」

「なっ……！　それを言うなら、月乃お姉ちゃんこそおかしいよ！　発情して我を忘れるなんて、完全に危ない人だもん！　というか完全に動物だよ！」

「ち、違《ちが》うし！　ちょっと理性より本能の方が強いだけだし！」

「花鈴だって、ちょっと理性より性欲が強いだけだもん！」

「ま、まあまあ二人とも。発情も露出も、割とどっちもどっちだと思うよ？」

「そういう雪姉こそドMはないわよ！　自分の体縛るとか謎《なぞ》だし！」

「そうそう！　それに、えっちなご奉仕ってなに⁉　まさか、先輩の靴《くつ》を舐《な》めて興奮したりしてたの⁉　怖いよ！」

「そっ、そんなことまだしてないよ！」

おい。『まだ』ってどういうことだ。

「この中なら、絶対花鈴の性癖がマシだよ！　だって、服を脱ぐだけだもん！」

「アタシが一番ノーマルだって！　自分の意思でえっちなコトしてるわけじゃないし！」

「ううん、私の方がまともだよ！　女の子なら誰だって被虐《ひぎゃく》願望があるものだからね！」

再びケンカし、顔を向き合わせる三人。

おいおい、何してんだよこいつら！　せっかく仲直りしたと思ったら、またすぐ戦争が始まったぞ！

っていうか、何の争いだよコレ！　全員等しくヤベー奴《やつ》だからな!?　お前ら全員平等だからな!?

これは、また仲裁しないとダメかもな……。そう思い、彼女たちの間に入ろうとする。

だが、その直前。

睨《にら》み合っていた彼女たちが、ほとんど同時に吹《ふ》き出した。

「ぷっ……あはははは！　ってか、こんなことなら最初から隠す必要なかったじゃん！」

「やっぱり私たち、姉妹なんだね……。こんなところまで似てるなんて」

「ある意味では花鈴たち全員、先輩と怪《あや》しい関係だったね……」

ずっと隠していた秘密を話し、嫌われるどころか似たもの同士だったことを知った安心感からか、彼女たちは笑い合う。

そして直前の争いが嘘のように、優《やさ》しく穏《おだ》やかな表情を浮かべた。

「ゴメンね、二人とも……。今まで気づいてあげられなくて……。これからはちゃんと、皆で理解し合っていこうね？」

「うん……。アタシも疑ったり隠したりせず、二人と仲良くしていきたい」

「もうケンカなんか二度としないよ！　お姉ちゃんたちのこと、大好きだもん！」

三姉妹《しまい》たちが、そう誓《ちか》い合う。さらにお互いに抱《だ》きしめ合った。

その姿は、お互いの秘密を共有したことで絆《きずな》を強めたように見えた。

「なんだ……。心配の必要はなかったな……」

彼女たちの姿を眺《なが》めながら、俺は一人呟《つぶや》いた。

月乃が秘密を打ち明けた時はどうなることかと思ったが、むしろ今までよりもいい結果になった。

もう彼女たちは、姉妹間で性癖がバレる心配をする必要はない。それどころか、性癖について何か悩みができた時は、皆で協力して解決できることだろう。なんだか俺も、少し肩《かた》の荷が下りた気分だ。

あとは、皆に俺のことを諦《あきら》めさせないといけないが……。

「まあ……。それは後でいいか」

余計なことで口を挟《はさ》んで、仲直りして抱き合う彼女たちの邪魔《じゃま》をしたくはない。

そう思い、俺は葵をおぶったまま一人でひっそり家路についた。

※

「じゃあな、葵。ちゃんと歯を磨《みが》いて風呂《ふろ》に入ってから寝《ね》るんだぞ？」

「ん～……うん……。おやすみ……お兄ちゃん……」

家に着き、俺は葵を起こして寝ぼけ眼《まなこ》の彼女に忠告。葵の着替《きが》えを用意したり、お風呂を沸《わ》かしてあげたりと、妹のために色々準備を整える。

そして神宮寺家へと戻《もど》るため、再び実家から外へ出た。

「お疲《つか》れ様。『天真おにーちゃん』」

「えっ……」

すると、月乃が家の前に立っていた。

いや、月乃だけじゃない。後ろには雪音さんと花鈴もいる。

「お前たち、何しに来たんだ……？　ってか、どうして俺の家を……？」

「パパから聞きました。だって先輩、一人で先に行っちゃうんですもん」

「私たちに気を遣《つか》ってくれたんだよね？　そんなことしなくてもよかったのに」

三人とも、穏やかな笑顔を俺に向けてきていた。

「でも、ちょっと助かったかも。アタシたちだけで話せる時間ができたから」

「話せる時間……？　何についてだ……？」

「決まってるでしょ。天真のことよ」

月乃の一言に、なんだか胸が傷《いた》んだ気がする。

「アタシたち、さっきあれから話し合ったの。天真のことをどうするべきか。それで――

結論を出してきた」

結論……。その言葉に月乃は、明らかに重みを込めていた。

「天真の言う通り、あんな修羅場《しゅらば》はもうやめるわ。最後に、正々堂々と戦ってから」

月乃が自身の意思を示すかのように、俺の目の前に歩み寄る。

正々堂々戦うって……まさか……。

「さっき気付いたけど……。アタシたち、まだちゃんと天真にお願いしてないし。やっぱり、こういうことはちゃんとすべきじゃん？　だから……そのためにここに来たの」

「つ、月乃……」

彼女の決意に満ちた瞳《ひとみ》が、俺をまっすぐ見据《みす》えてくる。

いや……。『彼女たちの』というべきか。

「やっぱり最後は天真君の答えを聞かないと、終われないからね」

「どんな結果になろうとも、花鈴たちは先輩の答えに従います」

雪音さんと花鈴も前に出て、同じように決意に満ちた瞳で俺を見る。

直後──三人が、声を揃えて告げてきた。

『天真（君）（先輩）！　私と付き合ってくださいっ！』

彼女たちが同時に頭を下げる。そして、正式に交際を申し込まれた。

「……っ！」

その言葉に、不覚にもキュッと心臓が縮む。いくら彼女たちが俺に好意を寄せてるのが分かっていても、改めてそう言われると、どうしようもなくドキドキする。

彼女たちの、まっすぐな気持ち。女の子から強い好意を向けられることがここまで嬉《うれ》しいことだったなんて、俺には想像できなかった。しかも、それが彼女たちならなおさらだ。

こんなに可愛《かわい》くて、綺麗《きれい》で、性格もよくて、学校の皆《みんな》から好かれるような完璧《かんぺき》な女子たちに求められるのは、きっとこの上ない幸せなのだろう。

しかし……。

「……悪い。やっぱり、俺は付き合えない」

そんな彼女たちに、俺は変わらない思いを告げた。

「天真……。どうして……？」

月乃が、沈痛《ちんつう》な面持《おもも》ちを俺に向ける。

「何度も言ってる通りだよ……。俺は仕事のために仮の夫として皆と一緒《いっしょ》に生活してる。そして皆を立派な嫁《よめ》として名家に嫁《とつ》げるようにすることが、俺が受けた仕事なんだ。それを無視して、皆と付き合うことなんてできない」

もし三姉妹の誰《だれ》かと関係を持てば、これ以上ない形で肇さんを裏切ることになる。三姉妹たちの変態行為《こうい》に巻き込まれたり、性癖の矯正《きょうせい》や抑制《よくせい》のためにエロ行為に付き合うのとは違う、本当の意味の裏切りだ。

「そもそも、俺なんかじゃ皆に釣《つ》り合わないんだよ。皆は誰からも好かれる完璧な名家のお嬢様《じょうさま》。対して俺は、ごくごく普通《ふつう》の凡人《ぼんじん》だぜ？　勉強が多少できるくらいで、特別な才能を持ってるわけでも、家柄《いえがら》が立派なわけでもない。俺は皆にふさわしくないんだ」

「そっ――そんなことありません！　花鈴は先輩《せんぱい》に釣り合ってないかもしれませんが、その逆は絶対にありえません！」

「そうだよ！　私だって完璧なお嬢様なんかじゃない！　ただのドMの変態だよ!?」

「アタシたち変態三姉妹よりも、アンタの方がよっぽど立派な人間でしょ！」

三人とも、揃って必死に否定する。

そう言ってくれるのは、とても嬉しい。でも、俺の気持ちが変わるわけじゃない。

「それに……皆には肇さんの決めた縁談《えんだん》相手だっているだろう？」

その話を持ち出した瞬間《しゅんかん》、三人の表情がさらに暗くなった。

「縁談相手は皆、名家のご子息なんだろう？　きっと彼らこそ、皆にふさわしい相手だと思う。だから俺のことなんか忘れて、その相手と一緒になるべきだ。彼らと一緒になる方が、きっと三人のためになるから」

「そんなわけないじゃないですかっ！」

花鈴が必死な形相で叫《さけ》んだ。

「知らない男の人といきなり結婚《けっこん》したりして、幸せになれるわけないですよ！」

「アタシも、縁談なんて認めてない！　自分が付き合う相手なんだから、アタシが決めるのが当然だもん！　勝手に相手を決められたくない！」

「私だって、本当は縁談なんて嫌《いや》なんだよ……？　長女として家のために尽《つ》くす義務があるって何度自分に言い聞かせても、やっぱり逃《に》げ出したくなっちゃう……」

「みんな……」

いくら名家のお嬢様といえ、彼女たちも俺と同年代の女の子。親が用意した縁談で結婚相手が決まるのは、かなり抵抗《ていこう》があるのだろう。たとえ、前々から覚悟《かくご》していたとしても。

ただ、それでも……。

「……皆は絶対、縁談を受け入れるべきだと思う」

俺は縁談相手のことを知らないが、肇さんが決めた相手なんだ。容姿も、性格も、家の力も、全《すべ》てにおいて俺よりスペックが上だろう。彼らと一緒になったほうが、彼女たちも間違《まちが》いなく大きな幸せを摑《つか》めるはずだ。

そんな彼女たちの明るい未来を、俺が邪魔するわけにはいかない。

今だけは辛《つら》い思いをさせてしまうかもしれないが、これが三姉妹の将来のためなんだ。

「俺はあくまで、皆の仮の夫でしかない。本当の恋人《こいびと》にはなれないんだ。皆を幸せにする力なんてないから……。だから、肇さんの選んだ相手と一緒になるべきだと思う」

「違いますっ！　花鈴は……花鈴は……先輩と一緒にいたいんです！」

「アタシは天真がいれば何もいらないわよ！　それだけで幸せなの！　分かる⁉」

「天真君……お願い。私たちの気持ち、受け取ってほしい……」

彼女たちはどれだけ言っても、俺を選びたがってくれている……。肇さんが認めた名家の縁談相手より、俺と付き合いたがっている。そして、俺に選んでもらいたがっている。

　きっと、これほど光栄なことはない。

　だからこそ――俺は言わなければいけない。

「……ごめん」

　言い縋《すが》る彼女たちに、俺は短くそう告げた。彼女たちの、将来を考えて。

「そんな……」

「うそ……」

「……っ」

　短く反応を示す彼女たち。

　その一言で、三人も俺の想いを察したようだ。何を言っても、俺が気持ちを変えることはないと。

「……分かった。それが天真の答えなのね……」

「先輩が言うなら、しょうがないです……」

「天真君……。返事をくれて、ありがとう」

　三人が、力ない声で言う。

　彼女たちの目がじわりと潤《うる》み、その頬《ほお》を水が伝っていく。

同時に、彼女たちは俺に背を向けた。

「じゃあ……アタシたちは帰るから」

「先輩……。さようなら……」

「ばいばい、天真君……。またね……？」

俺に泣き顔を見られないためか、それとも愛想《あいそ》をつかしたのか。

彼女たちが、足早に俺の下《もと》から去っていく。

その背中が完全に見えなくなるまで、俺は彼女たちから目を逸《そ》らすことはできなかった。

第五章　えっちなお嫁さんは好きですか？

それは、昔の記憶《きおく》だった。
今ではもう、顔も忘れてしまった女の子。その少女は手に一枚の封筒《ふうとう》を持っていた。
彼女はそれを俺に差し出し、涙《なみだ》で濡《ぬ》れた声で言う。
「私――天真《てんま》君のこと、忘れないから」
手紙を受け取り、再び彼女の顔を見る。
すると、すでに少女は目の前から消えていた。
そして彼女はもう二度と、俺の前には現れなかった。

※

「ん……んぅ……。もう朝か……」

目が覚めると、そこは懐《なつ》かしい我が家の布団《ふとん》だった。

「そっか……。俺、帰ってきてたんだよな……」

目をこすりながら、俺は布団の感触《かんしょく》を確かめる。神宮寺《じんぐうじ》家のベッドとは違う、安物の布団の感触を。

しかし……。懐かしい夢だった。

昔、初恋の女の子と離《はな》れ離《ばな》れになった時の夢。あの子が別の街に引っ越《こ》す前に、手紙をくれた時の夢。

なぜそんな夢を今更《いまさら》見てしまったのだろうか……。それは分からないが、少なくとも先日のことが関係しているのは確かだ。

三姉妹《しまい》からの告白を断り、すでに数日が経過していた。

本来なら俺は、縁談相手との挨拶《あいさつ》の日までは三姉妹と同居を続けないといけない。そして彼女たちが縁談相手に気に入られるよう、男との接し方をもっと教えておかないといけない。

しかしあんなことがあった後だと、さすがに顔を合わせるのが気まずい。彼女たちも今は俺と距離《きょり》を置きたがっているはずだし、神宮寺家に戻《もど》るわけにはいかなかった。

それに……。

「三人とも……。早く立ち直るといいけどな……」

今の彼女たちは、好きな人に振《ふ》られて傷心の状態だ。そんな状態では縁談なんか——知らない男に愛想を振りまくことなんか、きっとできないだろう。せっかくのチャンスをものにするためにも、早く傷を癒《い》やしてもらいたい。そのためにも、彼女たちを悲しませた俺は側《そば》にいない方がいいだろう。

「いや、待て。それよりも……。別の原因で縁談が破棄《はき》されないか心配だな……」

あの変態三姉妹のことだ。もし傷を癒やして普段《ふだん》の彼女たちに戻ったとしても、挨拶の場でエロいプレイを始めてしまう可能性がある。そうなったら縁談は中止になるだろう。

まあ、でも……。今の彼女たちは、ちゃんと三人で秘密を共有し合ってるからな。仮に誰かが暴走しかけても、きっと助け合っていけるはずだ。

「そうだな……。多分大丈夫《だいじょうぶ》だ……」

そう呟《つぶや》き、心を落ち着かせる。彼女たちなら問題ないと、静かに自分に言い聞かせる。

しかし……なんだかモヤモヤする。

彼女たちの告白を断ってから、この正体不明のモヤモヤが俺の頭を悩《なや》ませてくる。最初は彼女たちの縁談がうまくいくか心配だから、気になってモヤモヤするのかと思った。しかし、どうやらそれだけじゃないらしい。縁談のことは問題ないと自分自身に言い聞かせても、このモヤモヤは消えなかった。

「あれ？　お兄ちゃん、起きてるの？」

すると、葵《あおい》が部屋の扉《とびら》を開けてこちらを覗《のぞ》き込んできた。

「あ、葵……。おはよう。今日は早いな？」

「お兄ちゃんが遅《おそ》すぎるだけだよ。もうすぐお昼になっちゃうよ？」

時計を見ると、あと数分で正午という頃合《ころあ》いだった。

まさか、こんな時間まで寝《ね》てたとは……。

「もう。起きたら早く着替《きが》えて顔洗って来てよね。お昼食べるの待ってるんだから」

「わ、悪い……。ちょっと考え事してて……」

のそのそと布団から立ち上がり、緩慢《かんまん》な動作で着替えの服を用意する。可愛《かわい》い妹をこれ以上待たせたくはないが、体がテキパキと動かない。

「まあいいけど。今日は私がご飯作ったから。冷めない内に食べてよね」

「あ、ああ……。ありがとう……」

葵の前くらい気丈に振る舞《ま》いたいとは思うが、どうしても気のない返事になってしまう。

せっかくの葵の手作り料理にも、イマイチ心が躍《おど》らなかった。

「あっ、そうだ。それと一つお兄ちゃんに聞きたいんだけど」

「ん？　なんだ……？」

「お兄ちゃん。まだ花鈴《かりん》さんたちのとこに行かないの……？」

唐突《とうとつ》な追及《ついきゅう》に、俺の体がビクッと跳《は》ねた。

「な、なんだよ……。葵はお兄ちゃんがいるのは嫌か……？　早く戻ってほしいのか？」

「別にそういう訳じゃないけど……。でもお兄ちゃん、仕事のために花鈴さんたちのところに行ってたんでしょ？　急に戻ってきていいのかなって」

もっともすぎる指摘《してき》だった。葵にはちゃんと説明もしてなかったし、疑問視されるのも当然か。

何となく葵に本当のことは言いにくいし……。さて、どうやって誤魔化《ごまか》そうか――

「まさか、お兄ちゃん……。花鈴さんたちを振っちゃったの？」

図星をつかれて、タンスの角に足の小指をぶつけてしまった。

「っっ！　っっっ⁉　っ～～～～！」

「やっぱりなんだ……。ああもう、しょうがないお兄ちゃんだなぁ……」

声にならない叫《さけ》びをあげて辺りをのたうち回る俺に、葵が呆《あき》れてため息をつく。

「ま、待て！　勝手に納得《なっとく》するな！　お、俺は別にそんなこと――」

「はいはい。もうさっきの反応で分かっちゃったから。隠《かく》す必要どこにもないから。お兄ちゃんの女泣かせ」

「うっ……」

葵の視線が鋭《するど》くて痛い。言い繕《つくろ》う暇《ひま》すら与《あた》えてくれないようだった。

「あ〜あ……やっぱりそうだったんだ……。花鈴さんたち、お兄ちゃんのコト大好きだったみたいだもんね」

「えっ⁉ お、お前……なんでそのことを⁉」

「そんなの、お祭りの様子を見てたら分かるよ！ 三人とも、すごいお兄ちゃんのことと りあってたじゃん！」

考えてみればその通りだ。あれだけ好意を示していれば、誰《だれ》にだって筒抜《つつぬ》けだろう。

「しかもお兄ちゃん、お祭りの翌日から急にあっちの家に行かなくなるでしょ？ それに、恋人《こいびと》と別れた直後の人みたいに異様に元気なくなってるし……。こんなの何かあったって思うよ！ 振ったことなんとなく想像つくよ！」

なんてことだ……。葵には全《すべ》て見透《みす》かされていたというワケか……。正直葵はもっと鈍《にぶ》いと思っていたが、いつの間にかとても成長していたらしい。

でもその成長を喜ぶような余裕《よゆう》はなかった。

葵が鋭い目つきを俺に向け、厳しく糾弾《きゅうだん》してきたからだ。

「お兄ちゃん、ひどいよ！ なんで三人のこと振っちゃったの⁉ 皆《みんな》お兄ちゃんのコト、本当に好きでいてくれてたのに！」

「それは……仕方ないんだよ。知ってると思うが俺の仕事は、あの三人が名家に嫁《とつ》ぐまで色々サポートすることだ。もし仮の夫に過ぎない俺が三人の誰かと付き合ったら、重大な契約違反《けいやくいはん》になっちまう」

「でも、あの三人は名家の人よりお兄ちゃんのことが好きだったんでしょ!? だったら、しっかり応えてあげなきゃダメじゃん！　皆の旦那《だんな》さんだったなら、もっと皆の気持ちを考えるべきだよ！」

「そうは言っても、所詮《しょせん》は仮の夫婦でしかない。三姉妹と俺は、あくまで偽《いつわ》りの家族でしかないんだ。だからいくら三人が俺のことを好いてくれてても、受け入れるわけにいかないんだ」

「偽りの家族なんかじゃないよ！　三人とも、立派なお兄ちゃんのお嫁《よめ》さんだったよ!!」

葵が、ダンッ！　と床《ゆか》を踏《ふ》みつけた。

「少なくとも皆、私にとっては本当の家族同然だったよ？　私のこと凄《すご》く可愛がってくれたし、本当のお姉ちゃんと思っていいって言ってくれた！」

確かに彼女たちは、葵が迷子になった時も自分が大変な目に遭《あ》っていたのに、身を削《けず》って捜《さが》してくれた。まるで、葵が本当の家族であるかのように。

「花鈴さんたちも、きっと私のことを本当の家族だと思ってた。お兄ちゃんのことを、本当の旦那さんみたいに慕《した》ってた。でもお兄ちゃんは違《ちが》ったの？　あの三人のこと、そこまで信頼《しんらい》してなかったの？」

「そ、それは……」

『本当に姉妹なら――家族なら、そういう優《やさ》しさや温かさがあるべきじゃないのか？』

以前自分が彼女たちに言った言葉を思い出す。そういう意味では彼女たちは、本当の家族と言ってもいい存在かもしれない。

それに……。

「俺だって……三人のことを信頼してた。ただの仕事上の繋《つな》がり以上に、大切なものを感じてたよ……」

「それならもう、私たちは家族だよ。あの三人は、お兄ちゃんの立派なお嫁さんだよ」

葵は、ハッキリとそう言い切った。

「それなのに、あの三人を送り出していいの……？　お兄ちゃんは、あの三人を見捨てたことになっちゃうよ？　冷たく突《つ》き放したってことだよ？」

「――っ！」

葵の言葉に、一瞬《いっしゅん》呼吸をするのを忘れた。

俺が……あの三人を、見捨てた……。家族同然の存在を……。

罪悪感が、グッと胸に迫《せま》ってくる。彼女たちを振った時からずっと抱《いだ》き続けていた想《おも》いが、さらに大きくなって俺を襲《おそ》う。

「で、でも……！　俺はああするしかなかったんだよ！　三人の将来の幸せを考えるなら、俺のことは諦《あきら》めさせて縁談《えんだん》に送り出すしかないだろ！」

凡人《ぼんじん》の俺なんかと一緒《いっしょ》になるより、名家のご子息と結ばれた方が結果的には幸せになれる。それは間違いないはずだ。

しかし、葵が首を横に振る。

「そんなことない。むしろ、本当に三人の幸せを考えるなら一番間違ったやり方だと思う」

「え……？」

「だって……そんな理由で振るなんてひどいよ！　嫌《きら》いだからとか、他に好きな人がいるからとか、そういう理由ならしょうがないよ？　でも、幸せの形を相手に勝手に決めつけられて振られるなんて、すごく残酷《ざんこく》なことなんだよ？」

残酷という言葉の響《ひび》きに、背筋の凍《こお》る思いがした。

「そんな風に壁《かべ》を張られて拒絶《きょぜつ》されたら、どうすることもできないもん。自分の気持ちを――自分が描《えが》く幸せの形を、全否定されてる気になるもん……！　好きな人にそんな理由で拒絶されるなんて、皆が可哀《かわい》そうだと思う……。お兄ちゃんがしたことは、あの三人の気持ちを全部無視して、冷たく見捨てるのと一緒だよ？」

「そ、そんな……」

またそう言われ、心が刺《さ》されたみたいに痛くなる。自分がよかれと思ってやっていたことは、むしろ彼女たちを傷つけるようなことだった。そう思うと、気分がひどく重くなる。

「それに……お兄ちゃんも、実は後悔《こうかい》してるんでしょ？」

「後悔……？」

「お兄ちゃんだって、あの三人のこと良く思ってるでしょ？　っていうか、正直好きなんだよね？」

「お、俺が三姉妹《しまい》のことを……？」

確かに最近、俺は彼女たちのことを意識していた。

でもそんな、明確に好きだというわけじゃ……。

「お兄ちゃんは自覚ないかもしれないけど、端《はた》から見てたら丸わかりだよ。お兄ちゃんがあの三人を見る目って、普通《ふつう》と全然違ってたから。まるで目がハートマークになってるみたいに」

「なっ——!?」

体中に電流を流されたような衝撃《しょうげき》が走った。

葵に言われて、改めて自分の気持ちを考えてみる。彼女たちに対する自分の気持ちを。

照れながらも必死に俺へアピールをしてくる月乃《つきの》に、いつも元気に俺に甘えてきてくれる花鈴。そして溢《あふ》れんばかりの優しさで包み込んでくれる雪音《ゆきね》さん。

あの三人のことを、俺が好き……。

「そんな好きな人を振《ふ》っちゃったから……。深く傷つけちゃったから、お兄ちゃんも元気がないんだよね？」

「……！」

そう言われた瞬間、分かってしまった。

以前からずっと感じていた、胸のモヤモヤの正体が。

「そうか……。俺は……とっくに好きになってたのか……」

俺は彼女たちに好意を向けられ始めてから、自分まで彼女たちを好きにならないよう気を張っていた。でも、そんな努力は無駄《むだ》だったんだ。俺は結局、彼女たちに落とされてしまった。

ある意味当然かもしれない。あんな風に強引《ごういん》に迫ってこられて、あそこまで好意を向けられて、好きにならずにいられるわけがないんだから。

そんな人たちを振ってしまったから、俺はモヤモヤしていたんだ……。深く後悔していたんだ……。

そして未練があるからこそ、さっきあんな夢を見たのだろう。初恋《はつこい》の子が——もしかしたら、三姉妹の誰かかもしれない初恋の子が、俺に手紙を渡《わた》す夢を。

単純なことなのに、葵に言われるまで気づけなかった。いや……気づこうとしなかったのかもしれない。この気持ちを自覚してしまえば、俺はじっとなんてしていられなくなるから。肇《はじめ》さんの仕事を、こなせなくなってしまうから。

「分かったなら、早く思いを告げてきなよ。本当にみんなの幸せを考えてるなら、それが一番必要なことだよ」

葵が俺のそんな気持ちを後押しする。三姉妹の下《もと》に行けと、優しく背中を押してくる。

彼女の言葉に、俺は今すぐ寝巻《ねまき》のままで家を飛び出しそうになった。

しかし……やはり、最後の一歩が踏み出せない。

「で、でも……。そんな勝手なことをしたら、俺たちの家の借金が……」

俺が彼女たちにこの思いを告げるということは、すなわち縁談の邪魔《じゃま》をするということだ。そんなことをすれば、肇さんの怒《いか》りを買うのは間違いない。当然給料は取り消されてしまい、借金返済についての話もなかったことになるだろう。

しかも今回は肇さん自らがセッティングした縁談である。以前、諒太《りょうた》と月乃の関係を邪魔したときのようにはいかない。

俺が自分の気持ちを優先して肇さんと対立したら、家計が崩壊《ほうかい》してしまう。そうなれば、葵に苦労をかけさせることになってしまう。

「俺は家族を……葵のことを幸せにする義務がある。そんな勝手なことをして、葵の幸せを壊《こわ》すようなことは絶対にできない……」

家族のことを考えると、俺は自分の感情だけで突っ走るわけにはいかないんだ。自分の役割は、捨てられない——

「もうっ！　何考えてるの!?　お兄ちゃんの馬鹿《ばか》っ!!」

すると、葵が俺を思いっきり怒鳴《どな》った。

「私はそんなの嫌《いや》だもん！　私は、お兄ちゃんにも幸せになってもらいたいの！　今まで家族の——私たちのために頑張《がんば》ってきたお兄ちゃんにも幸せになってもらいたいの！」

「あ、葵……」

「それこそ家族なんだから、どっちかの幸せのためにどっちかが犠牲《ぎせい》になるなんて嫌だよ。だから、今は私のことは考えちゃダメ！　あの三人のことだけを考えてあげて！」

葵が——守るべき存在だとばかり思っていた妹が、俺をこんなにも気遣《きづか》ってくれている。

その事実が、俺の胸の奥を温かくする。

「それにあの三人だって、今お兄ちゃんが行かないと絶対幸せにはなれないよ？　私を大切にしてくれるなら、皆も大切にしてあげて……？　家族同然の――三人のお嫁さんたちも！」

そう訴《うった》える葵の姿に、俺は何も言えなくなってしまう。

まいったな……。葵に全《すべ》ての逃《に》げ道を、完全に潰《つぶ》されてしまったみたいだ。

こうなったら、もう進むしかない。これ以上葵の目の前で立ち止まってはいられない！

「お兄ちゃんなら、大丈夫《だいじょうぶ》！　だから、自信もって行ってきて！」

「ああ……。葵、ありがとう！」

発破をかけられ、俺はすぐに着替《きが》えて我が家を飛び出す。

行き先は当然、三人の待つ神宮寺家だ。

※

三姉妹たちと、話がしたい。

その一心で俺は住宅街を走り抜《ぬ》け、彼女たちの家へ向かっていく。車でも多少時間がかかるような距離《きょり》を、この足だけで駆《か》けていく。

そして数十分間走り続けて、ようやく彼女たちの家に到着《とうちゃく》。玄関《げんかん》を開けて、家の中に飛び込んだ。

「月乃っ！　花鈴っ！　雪音さんっ！」

大声で三人の名前を呼ぶ。彼女たちに謝《あやま》るために。そして、想《おも》いを告げるために。

しかし……声は返ってこなかった。

そして気が付く。玄関に彼女たちの靴《くつ》がないことに。

「え……？」

その代わり、別の靴が一足並べられていた。見慣れない、女性物の靴——

「天真様？」

リビングの奥から、愛佳《あいか》さんが姿を現した。三人が不在の家の中で、メイドの彼女が留守を預かっていたようだ。

「あ、愛佳さん！　皆《みんな》は⁉　皆はどこに行ったんですか⁉」

焦《あせ》り、挨拶《あいさつ》も忘れて愛佳さんに食《か》って掛かる俺。

すると彼女は、呆《あき》れた様子でため息をついた。

「全く……。今更《いまさら》何をしに来たのやら……」

次いで、厳しい目つきで睨《にら》んでくる。

「あの三人の様子から、なんとなく事情は察しています。天真様、お嬢様方《じょうさま》を傷つけましたね？」

「……っ！」

否定できず、かといって素直《すなお》に肯定《こうてい》もし辛《づら》く言い淀《よど》む。

「謝るために帰ってきたのかもしれませんが、少々遅《おそ》かったようですね。お嬢様方は少し前に、肇様と一緒に縁談相手とのご挨拶に向かわれました」

「ええっ⁉」

馬鹿な！　肇さんの話だと、挨拶の日まではまだ数週間ほどあったはずだ！

「急遽《きゆうきよ》予定が早まったのです。それで、今日の昼から先方とお会いすることに」

「そ、それ……本当ですか……？」

「私が嘘《うそ》をつく必要がどこに？」

なんてこった……。俺が家でぐずぐず悩《なや》んでる間に、そんな話になってたなんて……。

いや、まだ諦めるのは早い！

「愛佳さん……お願いします！　あの三人がどこにいるか俺に教えてくれませんか⁉」

肇さんのメイドである彼女なら、三姉妹がどこに連れていかれたのかきっと知っているはずだ！

「……それを聞いて、今更どうしようというのですか？」

しかし愛佳さんは、俺に教えようとはしない。

「天真様は一度、お嬢様方を拒絶したのでしょう？　直接聞いたわけではありませんが、お嬢様方の落ち込みようや、天真様が不在にされていたことから、大体推察することはできます」

「そ、それは……」

「あなたはご存じですか？　この数日間、お嬢様方がどんなご様子だったのか。それはもうひどい有様でしたよ。食事はおろか水分すらもろくにとらずに、死んでしまったかのように真っ暗な部屋に閉じこもっていました。たまたま私が三日前に用事で訪れなければ、三人はあのまま衰弱《すいじゃく》していたかもしれませんね」

そうか……。愛佳さんがここにいるのは、三人のお世話をしていたからなのか……。

「私はあなたのことを信頼致《しんらいいた》しておりました。あなたにならば、お嬢様方をお任せできると。しかしあなたは、お嬢様方を大きく傷つけてしまったのです。あなたにも色々な考えや事情があるとは思いますが、それでも傷つけたことは事実です。そんなあなたに、どうしてお嬢様方の居場所を教えなければいけないのですか？」

不快感をまるで隠《かく》さず、非難の目を向けてくる愛佳さん。

その鋭《するど》い怒りの表情に俺は思わず歯を食いしばる。こんな激しい感情を向けられたら、普段《ふだん》の俺なら間違《まちが》いなく足が震《ふる》えていただろう。

しかし——

「あの三人を、連れ戻《もど》すためです」

それでも、俺はひるまずに言う。

「彼女たちは、縁談《えんだん》を望んではいませんでした。あの三人が嫌がっているのに、知らない相手と無理やり結婚《けっこん》させるなんて、やっぱり見過ごせませんから。それに……」

言葉を切り、一度息を吸う。そして覚悟《かくご》を持ったうえで自分の気持ちを口にする。

「俺は、彼女たちのことが好きなんです。彼女たちと同じように、俺もあの三人が大切です。だから彼女たちを連れ戻したい。そして、また三人と一緒《いっしょ》に暮らしたいんです」

あの三姉妹との生活は、色々と苦労の連続だった。花鈴に全裸《ぜんら》を見せつけられたり、雪音さんにお風呂《ふろ》で体を洗われたり、発情した月乃に襲《おそ》われたり……。その上、お互《たが》いに性癖《せいへき》がバレないように色々フォローもしたりした。

それでも思い返してみると、どれも大切な日常だった。失うわけには絶対にいかない。

「もちろんあの三人だって、それを望んでいるはずです。俺との生活を続けることを、まだ望んでくれているはずです」

彼女たちは今も、俺と一緒にいたいと思ってくれている。そう信じ愛佳さんに訴える。

「確かに俺は、選択《せんたく》を間違えて三人を傷つけてしまいました。でももう、二度と彼女たちを悲しませるようなことはしません。彼女たちの幸せをはき違えたりなんてしません！」

決意を口にし、まっすぐ愛佳さんの目を見つめる。

「俺は仮の夫として、あの三人を連れ戻します！　好きな人たちとの生活を——彼女たちの幸せを守り抜いてみせます！　だから、皆の居場所を教えてください！」

思い切り、背中が折れそうになるほど頭を下げる。

そして……静寂《せいじゃく》が落ちてきた。

「…………」

俺の懇願《こんがん》に愛佳さんは一切《いっさい》言葉を返さない。

ただ、顔を下に向けていても、彼女が俺を冷たい瞳《ひとみ》でじっと見つめているのは分かる。

それでも俺は、頑《かたく》なに頭を下げ続ける。彼女が言葉を発するまで、死んでもこのまま動かない覚悟で。

すると——愛佳さんが静かに口を開いた。

「……会場は、ホテル『クイーンマリー』。都心でも指折りの高級ホテルです」

そこに今、あの三人がいる……！　心拍数《しんぱくすう》が一気に速まる。

「しかし、近い場所ではありませんよ？　ここから電車と徒歩で向かうと、到着までおよそ一時間半。そして先方とのお約束の時間は、十四時頃《ごろ》となっています」

「十四時……。それで、今の時間は……！」

時計を見ると、時刻はちょうど十三時。ということは、どう頑張っても……。

「ええ、今更遅《おそ》いでしょうね」

「そ、そんな……！」

嘘だろ……。せっかく葵が気持ちに気づかせてくれたのに、とっくに手遅《ておく》れだったなんて……。

「――一人で行った場合は、ですが」

「え……？」

愛佳さんが何かを取り出し、俺に見せびらかしてきた。

それは、おそらく車の鍵《かぎ》――

「仕方ないので、私がお送り致《いた》しましょう。私もお嬢様方には、自らの望むお相手と幸せになってもらいたいですから」

そう言い、愛佳さんは優《やさ》しく微笑《ほほえ》んだ。

※

愛佳さんの車に乗ってから、約一時間。

俺たちは十四時直前に、やっとホテルの側《そば》に到着した。窓の外から、どこぞの宮殿《きゅうでん》かと思うような立派な建物が見えている。

「皆様《みなさま》は、こちらのホテルにお見えのはずです。挨拶はもう、始まっているかもしれませんが……」

「大丈夫です！　来たからには、絶対に皆を連れ戻しますから！」

車が馬鹿みたいに広いホテルの敷地《しきち》内へと滑《すべ》り込む。

俺は車が停車した瞬間《しゅんかん》、ドアを開けて飛び降りた。

「天真様のこと、私はまだ信頼していますから。お嬢様方のこと、どうかよろしくお願いしますね」

「はいっ！　ありがとうございます！」

返事をし、すぐに走り出す。広い駐車場《ちゅうしゃじょう》をまっすぐ突《つ》っ切り、その奥にあるホテルへ入った。そして驚《おどろ》くスタッフやホテルの利用者たちの間を抜けて、絨毯《じゅうたん》の敷《し》かれた廊下《ろうか》を駆ける。

——あの三人は、どこにいる——⁉

走りながら辺りを見回して彼女たちを捜《さが》す。もし縁談相手との挨拶がすでに始まっていれば、どこか俺の立ち入れない部屋に入ってしまっているかもしれない。そんな不安を押しのけながら、ただがむしゃらに捜し続ける。

すると、ホテルの奥。高級そうな木製のテーブルやソファーが用意されているラウンジのようなスペースで、見慣れた人影《ひとかげ》を複数発見。

三姉妹《しまい》たちが浮《う》かない顔でソファーに座って待機していた。

「おい、皆————っ！」

思わず、彼女たちに向かって叫《さけ》ぶ。周囲にいた複数の人たちが、ぎょっとした顔でこちらを見る。当然、彼女たちも振《ふ》り向いた。

「て、天真……？」「先輩《せんぱい》……⁉」「天真君っ！」

三人の沈痛《ちんつう》な表情が、驚きによって塗《ぬ》り替《か》えられる。

幸い、縁談相手はまだいないようだ。俺はすぐに三人を連れ戻すために、彼女たちへと駆《か》け寄っていく。

だが、その途中《とちゅう》。

「おやおや。騒《さわ》がしい声を出すんじゃないよ」

「っ⁉」

俺と三姉妹たちの間に、大柄《おおがら》の男が割り込んできた。

「は、肇さん……！」

「やぁ、天真君。君まで来るとは驚きだね」

圧倒《あっとう》的な存在感が、俺の前に立ち塞《ふさ》がった。

「実は、心配していたんだよ。今日娘《むすめ》たちを連れに帰宅したら君の姿が見えなかったからね。後で電話をしようと思っていたんだ」

着物を身にまとった肇さんが、じっとこちらを見据《みす》えてくる。

それだけで、何だか威圧《いあつ》されているような気がした。

「それに、ここ数日私たちの家にいなかったようだが、一体何をしていたんだい？　もし用事があるなら、雇《やと》い主である私にも一応連絡《れんらく》がほしかったのだが」

「………………」

彼に雇われた身としては、勝手に仕事を投げ出したことには謝罪をしなければいけないだろう。

しかし、俺は口を開かない。ここで謝ったら、彼に呑《の》まれてしまうような気がして。

「まあいい。それより、どうしてここまで来たのかな？　我々に何か用事かい？　それとも、娘たちの縁談がどうなるのか気になったのかな？」

彼の問いかけに、俺は意を決して重い口を開いた。

「肇さん……お願いです。三人の縁談を中止してください」

ここまで来たら、戦うしかない。立ち向かう覚悟はできている！

「三人は、皆《みんな》縁談を嫌《いや》がっています！　あなたが決めた知らない相手と結婚することが嫌なんです！　結婚相手くらい、自分で決めさせてあげてください！」

「ほう……」

肇さんが、俺の顔を見て静かに呟《つぶや》く。

「何か様子がおかしいと思ったが……。まさかそんなことを言いに来るとはね」

肇さんが一歩前に出る。その迫力《はくりょく》に、俺は後ずさりしそうになった。

でも、ここは引くわけにはいかない。足を踏《ふ》ん張《ば》って彼の圧に耐《た》える。

「正直、とても驚いたよ。天真君はどんな仕事も実直にこなす、真面目《まじめ》な人間だと思ってたからね。自分の役目をはき違えるとは思わなかった。それとも、娘たちの邪魔《じゃま》をすることが君の仕事だったかな？」

一方彼は、余裕《よゆう》のある表情を向けてくる。俺の抵抗《ていこう》など、何でもないと思ってる風に。

「何を考えているのかは知らんが……。ハッキリ言って迷惑《めいわく》だよ。娘たちの幸せを邪魔するのは止《や》めてもらいたい」

「違います！　俺は彼女たちのためを思って言ってるんです！」

俺はさっき、葵に気づかされた。勝手に相手の幸せを決めつけるのが、どれだけ残酷《ざんこく》なことなのか。人の気持ちや思いを無視することがどれだけ酷《ひど》いことなのか。

だから、この縁談は止めさせなければいけないんだ！

「いくら父親でも、娘の結婚相手を決めつけるなんておかしいでしょう！　彼女たちにも、自分の好きな相手を選んで一緒にいる権利があるはずだ！　それを奪《うば》うなんて、父親として間違ってる！」

「違うな」

俺の意見を、肇さんが軽く切り捨てる。

「家を守るために、娘を最良の相手と結婚させる。これこそが父親としての役目であり、そして義務なんだ。君には分からないかもしれないがね」

「家のためって……！　そんなに家が大事なんですか!?　自分の娘の幸せよりも!?」

「それが我々の――名家を背負うものの考え方だ」

俺の言葉は、全く肇さんに響《ひび》いていない。

「そして結局、その方が娘たちも幸せなのだ。家に力があれば当然、不自由なく生きることができる。それに私が選んだ結婚《けっこん》相手も、皆素晴《すば》らしい人間ばかりだ。能力は高いし、それでいて性格も真っすぐだ。娘たちを幸せに導く力がある。――君のような子供と違ってね」

軽んじられている。俺の言葉も、存在自体も。

彼にとって俺の意見は、ただの子供の戯言《たわごと》でしかない。一考にすら値しない言葉……。

「それに、娘たちは一言も縁談《えんだん》を嫌だなんて言っていないよ？　君の方こそ、娘たちの意思を否定するのはよくないんじゃないかい？」

「そんなの、あなたに気を遣《つか》って言い出せないだけじゃないですか！　今のこいつらを見てやってください！　どう見ても結婚に前向きなようには思えないでしょ！」

不安げな表情でこちらを見つめる三姉妹たちの方を示す。

しかし彼は、表情一つ変えることはない。

「確かに娘たちも、まだ知らない相手との結婚に多少の不安はあるだろう。だが、数年後には私に感謝をしているはずだよ。家を守り、良い伴侶《はんりょ》を紹介《しょうかい》した私にね」

ダメだ……。話が通じない。この人は、俺とは別の世界で生きている。三人に幸せになってほしいという気持ちは同じでも、全く考えが混じり合わない。

これ以上話で何とかしようとしても、俺にはどうにもできないだろう。

……悔《くや》しくて、叫び出しそうになる。

「そもそも、君に口出しする権利はあるのかい？　神宮寺家の縁談について、名家の人間でもない君が文句を言う権利があると？」

「それは……っ」

「ないだろう？　そんなことも考えずに飛び込んでくるとは、君には心底がっかりだよ。私は少々、君を信頼《しんらい》しすぎていたようだ」

肇さんが、俺に失望の目を向けた。

「残念だが、君の顔はもう見たくないな。このまま縁談がまとまれば契約《けいやく》を終えるつもりだったが、今すぐ辞《や》めてもらうとしよう。当然借金返済の件も、無かったことにさせてもらうよ」

「…………」

「それと金輪際《こんりんざい》、我が家に出入りすることも禁止だ。娘たちには二度と近づかないでくれ」

「……断る」

言葉が、勝手に漏《も》れてきた。

「む……？」

「断るって言ったんだ！」

肇さんを横切り、彼の後ろに立つ三姉妹たちの下《もと》へと突っ切る。

そして、守るように彼女たちの前へと立った。

「皆と離《はな》れるなんて、絶対に嫌だ！　俺は決めたんだ！　また皆と一緒《いっしょ》に生活するって！」

彼を吹《ふ》き飛ばすような勢いで、叫ぶ。

「俺は皆の夫なんだ！　俺の嫁《よめ》は誰《だれ》にも渡《わた》さねぇ――――っ！」

辺り一帯が、静まり返った。

「き……貴様……っ!!」

肇さんの額に、青筋が浮かぶ。

「私の娘に、手を出す気か……？」

とてつもない形相。彼を本気で怒《おこ》らせてしまったのが分かる。その迫力に、飲み込まれてしまいそうになる。

しかし、それも一瞬のことだった。

「お父さんっ！」

雪音さんが、俺の横に並んだ。そして――

「私、縁談なんてしたくないっ！」

初めて、自分の口から肇さんに告げた。

「アタシも、縁談なんて絶対に嫌！」

「花鈴だって、まっぴらごめんです！」

続いて二人も、俺の横に立って自分の本心を口にする。

「お、お前たち……!?」

目を大きく開き、放心したようになる肇さん。

「私は、天真君のことが好きだから！　他の人と結婚なんてしたくない！」

「アタシだって同じよ！　結婚するなら天真と意外はあり得ないし！」

「花鈴もそうです！　花鈴の相手は、天真先輩ただ一人です！」

「なっ……!?　揃《そろ》いも揃って、何を言っているんだ……!?」

肇さんが再び俺を見る。痛烈《つうれつ》に俺を責めるような目つきで。

「貴様……！　私の娘たちを誑《たぶら》かしたな……！」

血が出るほどに拳《こぶし》を握《にぎ》る肇さん。

しかし、月乃が否定する。

「違《ちが》う！　アタシたちは皆、自分の意思で天真のことを好きになったの！」

「なに……!?」

「告白したのはアタシたちだから！　そんな風に言うのは止《や》めて！」

「誑かされてなんかいないよ！　天真君は、そんな人じゃない！」

「花鈴は――花鈴たちは純粋《じゅんすい》に、先輩《せんぱい》と付き合いたいんです！」

毅然《きぜん》とした態度で、強く訴《うった》える三姉妹たち。

「ふっ……ふざけるな！　そんなのは認められん！」

肇さんが、焦《あせ》ったように怒鳴《どな》り声をあげる。

「いいか、三人とも……。縁談はほとんどまとまっているんだ。今更《いまさら》破談になんてなったら、神宮寺家の評判に傷がつくかもしれないんだぞ？　相手の家を怒らせて、大きな問題になるかもしれない」

言い聞かせるように肇さんが言う。

しかし、彼の言葉は届かない。

「家なんて、アタシはどうでもいい！」

「お父さん、ごめんね？　私も同じ気持ちなの」

「先輩以外の人と付き合うくらいなら、花鈴は家を出ますからね！」

「バカなことを言うな！　家のことだけじゃない！　この縁談を断って天真君を選ぶということは、君たちが自ら幸せを手放すことになるんだぞ！　それがちゃんとわかっているのか!?」

『何が幸せかは自分で決める!!』

「…………っ!?」

三姉妹たちの言葉に、肇さんが固まった。彼女たちの決意に満ちた言葉の圧に、何も返せなくなってしまう。

「天真君……さっきの言葉は本当なのかな？」

「本当に、これからもアタシたちと一緒にいてくれるの？」

「花鈴、期待しちゃってますよ？　嘘《うそ》だったら許しませんからね？」

「あぁ……もちろん。俺は、ずっと皆と一緒にいたい」

彼女たちの目に、喜びの涙《なみだ》が溜《た》まるのが分かる。俺も彼女たちとシンクロしたのか、熱い感情がこみあげてくる。

そして俺たちは感極《かんきわ》まり、両手を広げて抱《だ》き合おうとする――

「あ、あの……。肇さん」

その時、見知らぬ男性が、肇さんへと声をかけた。

見ると、いつの間にか俺たちのすぐ近くに、着物を纏《まと》った数人の大人たちがいた。また、彼らの側《そば》には俺たちと同年代ほどの、スーツ姿の男が三人。

しかしなぜだろう。男たちは三人とも、とてもげんなりとした顔つきだった。

あれ……？　まさか、この人たちって……。縁談相手とその家族⁉

「その……。今のお話、一通り聞かせていただいたのですが……。娘《むすめ》様方はこの縁談に、あまり乗り気ではないようで……」

とても気まずそうな作り笑顔《えがお》で、控《ひか》えめに言うその男性。

「その……えっと……。肇さん」

「あ……はい……」

「このまま強引《ごういん》に結婚を進めてしまえば、神宮寺家の皆様《みなさま》の仲を引き裂《さ》くことになりかねません。両家の縁《えん》も、結婚前より損《そこ》なわれるかもしれませんし……。本当に大変申し訳ないのですが、今回の件はひとまず無かったことにさせて頂ければと……」

男性たちは、こんな事態にも怒ることはしなかった。

それどころか、むしろこちらを気遣《きづか》うように提案してくる。

相手側からそんな風に言われては、肇さんもどうすることもできなかった。

「は、はい……。こちらこそ、大変申し訳ございません……」

肇さんが言うと、縁談相手の三家族は、それぞれ丁寧《ていねい》にお辞儀《じぎ》をする。

そして、ホテルの外へ出ていった。

「え…………？」

彼らの背中を見送りながら、俺は呆然《ぼうぜん》と立ち尽《つ》くす。

ということは……。縁談は……破談？

「…………はぁ。まさか、こんなことになるとはね……」

肇さんが、深いため息をつく。

見ると、彼は悩《なや》まし気な表情で俯《うつむ》いていた。せっかく進めてきた縁談がなくなり、虚無《きょむ》感に苛《さい》まれているように見える。

しかし、その直後――

「……ふふっ」

なぜだか、穏《おだ》やかな笑みを浮《う》かべた。

「雪音。月乃。そして花鈴」

ふと、肇さんが厳《おごそ》かな声で娘たちの名前を呼ぶ。

いまだ状況《じょうきょう》を飲み込み切れずに呆《ほう》けていた三人が、驚《おどろ》いたように彼を見た。

「正直、とても驚いたよ……。君たちがあんなに反抗《はんこう》するなんて、多分今までで初めてだからね……。でも、君たちの気持ちはよく分かった。皆、自分の道は自分の意思で選びたいんだね」

そして肇さんが、優《やさ》しい声で三人に告げる。

「不思議なものだ……。縁談《えんだん》を台無しにされて、大好きな娘たちに反抗されて、しかも男に娘をとられてしまった。父親として、怒《いか》りのあまり泣き出しそうな気持ちなのに……。しかし同時に、嬉《うれ》しくもある。君たちの成長を見られた気がして……」

意外な言葉に、三姉妹《しまい》たちが息を呑《の》む。

「ここまで見せつけられたら、親としては何も言えないな……。それなら好きな相手と付き合い、その人と結婚《けっこん》するといい」

『え……？』

声を揃《そろ》えて驚く三姉妹たち。彼女たちに肇さんは、続ける。

「私はもう、皆の邪魔《じゃま》をしたりはしないよ。家のことは気にせずに、自分の力でちゃんと幸せを摑《つか》みなさい」

その言葉には、三姉妹を思う父親としての複雑な思いがあった気がした。

彼女たちのことが大事だけれど、自分が手を出すことは許されない。そんな矛盾《むじゅん》に苦しみながらも、三人の幸せを願う彼の優しさがあった気がした。

「それと——一条《いちじょう》天真君」

「は、はい……！」

肇さんがまた、俺の方に振《ふ》り返る。

そして、感情のこもった声で言う。

「私は………貴様を絶っっっ対に許さないからなああああああ！」

「えええええええええええ⁉」

うわぁ、出やがったよ肇さんの本性《ほんしょう》！　めっちゃブチ切れてきやがった！

「私の用意した縁談を土壇場《どたんば》で滅茶苦茶《めちゃくちゃ》にしやがって！　許すまじ！　あな憎《にく》らしき！

一生かけて復讐《ふくしゅう》してやらあああああああああああっ！」

もう怖《こわ》い怖い怖い！　この人怖い！　なんかもうモンスターみたいだもん！

「キエエエエエエエエ！　この屈辱《くつじょく》は忘れんぞおおおお！　これから貴様には、いくつもの仕返しをしてやりゃあああああああ！」

「落ち着いてください、肇さん！　ホント怖いんで！　助けてください！」

「神宮寺家の長男として、死ぬほど厳しく教育してやるぅぅぅぅぅぅぅぅ！！！」

「えっ……？」

最後の言葉に、思わず間抜《まぬ》けな声が漏《も》れる。

「何を驚いている貴様ァ!? お前自身が言ったんだぞ！『俺は皆の夫なんだ！ 俺の嫁《よめ》は誰《だれ》にも渡《わた》さねぇ！』とな！」

確かに、さっき俺はそう言った。半分くらいは、勢いに任せての発言だけど。

「縁談をぶち壊《こわ》した以上、発言の責任は取ってもらう！ お前のことは私がこれから、後《あと》継《つ》ぎとして鍛《きた》え直してやるからなあああああああっ！」

そ、それって……俺を神宮寺家に取り込むってことか……!? 俺を娘の夫として、正式に認めてくれるということか……？

「ということは……。これからも俺は、彼女たちと一緒《いっしょ》に生活しても……？」

「馬鹿《ばか》かお前は！ 当たり前だろう！ 夫が嫁と過ごさないでどうする!?」

肇さんが、目を剝《む》いて怒鳴る。

「借金の件も、家族として私が払《はら》ってやる。ただし、覚悟《かくご》しておくんだな！ 私の指導は地獄《じごく》の鬼《おに》より厳しいぞ！ 娘たちと一緒にいたいなら、お前の覚悟を見せてみやがれえぇぇぇぇぇぇぇぇ！」

彼の怒声《どせい》が、ホテル中の空気を震撼《しんかん》させた。

「は……はいっ！　ありがとうございます！」

俺は深く頭を下げた。娘たちの幸せを本気で考える、肇さんの気持ちに感謝しながら。

「はあっ……はあっ……！　フン……。分かったならいい……。では、私はそろそろ帰らせてもらう……。これから仕事があるからな！」

深呼吸をし、落ち着きを取り戻《もど》す肇さん。そして、一人で出口へと歩き出す。

「ちょっと待って！　お父さん！」

それを、三姉妹たちが呼び止めた。

「お父さん……ありがとう！　私たちのことを考えてくれて！」

「花鈴たち、絶対に幸せになりますね！」

「家のことも、いつか必ずアタシたちの力で支えるから！」

目を潤《うる》ませながら、肇さんに誓《ちか》う彼女たち。

「……フフッ」

三姉妹の言葉に、肇さんは口元を綻《ほころ》ばせる。

そして……。

「一条天真……。娘たちのこと、これからも頼《たの》むよ」

重みのある声で、彼女たちのことを俺に託《たく》した。

※

肇さんが帰った後。

俺たちは場所を移動して、ホテルの庭園にやってきた。

他に人気《ひとけ》はなく、色とりどりの季節の花が咲《さ》く綺麗《きれい》な庭園。

そこで俺は——盛大に土下座をかましていた。

「本当にすいませんでしたぁ————！」

彼女たちを傷つけてしまったことについて、誠心誠意謝罪する俺。

「えっと……天真君。そんなに謝《あやま》らなくてもいいよ？」

雪音さんが、気遣うように優しく言った。

「そうそう。確かにアタシたちも落ち込んでたけど、そこまでされても困るわよ」

「それに、さっきは助かっちゃいましたからね。先輩《せんぱい》が花鈴たちのために来てくれて」

三人とも、縁談を回避《かいひ》できたことにホッとしているようだった。

さっきまでの陰鬱《いんうつ》な表情はどこかへ消えさり、今まで通りに戻っている。

「ってか……さっきはびっくりしたわよ。いきなり駆《か》け込《こ》んできたりして。アタシ、襲《おそ》われるかと思ったんですけど」

「わ、悪い……。俺もあの時は必死でさ……」

月乃たちがもう縁談相手と会っているかもと思ったら、本当に気が気じゃなかったからな……。月乃たちの姿を見つけた瞬間《しゅんかん》、思わず叫《さけ》び出してしまった。

「でも……すっごく嬉しかったよ？　天真君があんなに一生懸命《いっしょうけんめい》、お父さんを説得してくれて。それだけ私たちの気持ちを考えてくれてたんだよね？」

雪音さんの柔《やわ》らかい表情が、俺の罪悪感を和《やわ》らげてくれる。

「はい……。俺は、気が付いたんです。皆にとっての幸せは縁談で得られるものじゃないって。それなのに俺は、勝手に何が幸せか決めつけて皆の思いを拒絶《きょぜつ》してしまった……。だから、本当にごめんなさい！」

もう一度、俺は土下座をかます。これで少しでも自らの罪が消えると信じて。

「天真先輩《せんぱい》……。そんなに頭を下げないでください」

すると、花鈴が俺の肩《かた》に手をやった。

「心配しなくても、花鈴たちはもう大丈夫《だいじょうぶ》ですよ。怒《おこ》ってもないし、傷ついてもいません。ただ……」

「ただ……？」

「許すかわりに、ちゃんと返事をもらえませんか？　花鈴たちの、告白の」

花鈴の言葉に、心臓が破裂《はれつ》するかと思うほど跳《は》ねた。

「先輩、さっき言ってました。『俺は皆の夫だ』って。以前の告白は断られましたが……今日言ってくれた気持ちの方が、先輩の本音なんですよね？」

そう。俺が皆の告白を断ったのは、彼女たちは縁談に従うべきだと思ってたからだ。

本当は俺も、皆のことが好きなんだ。

「先輩の本当の気持ちを聞くことが、花鈴たちが幸せをつかむ第一歩なんです。たとえ、どんな結果になったとしても……。だから、花鈴たちの誰が一番好きなのか、改めて聞かせてもらえませんか？　天真先輩の、本当の気持ちを」

そう語る花鈴の声には、熱い気持ちが込められていた。俺と一緒になりたいという、心の底からの強い願いが。

「先輩が花鈴たち皆を好いてくれるのは、すごく嬉しいことだと思います。でも……花鈴たちは皆、先輩の一番になりたいですから」

「…………」

立ち上がり、俺は改めて彼女たち三人の顔を眺《なが》める。誰よりも優しくて温かい雪音さんを、男嫌《ぎら》いと見せかけて実は照れ屋で魅力《みりょく》的な月乃を、可愛《かわい》らしく甘える姿が非常に愛くるしい花鈴を眺める。

彼女たちは皆同じように、真剣《しんけん》な目を俺に向けていた。

期待と不安、両方の色が宿る瞳《ひとみ》。振られてしまうかもしれなくても、決して逃《に》げずに俺を見つめ続ける瞳。

そんな気持ちを向けられて、嬉しく、そして少しだけ照れくさく思う。

だからこそ……俺は、静かに口を開いた。

「悪い……。俺には、選べない」

三姉妹たちが、驚いたように目を見開く。

「俺にはやっぱり、誰かを選ぶことはできない……。俺にとっては、全員が大事な嫁だから……」

俺は……彼女たち全員が平等に、そして最高に好きなんだ。そこに優劣《ゆうれつ》をつけることは、どう頑張《がんば》ってもできはしない。

それに三人の誰か一人だけを選ぶなんて、そんなこともしたくはなかった。

しかし——俺の答えに彼女たちは、沈《しず》んだような目つきを向ける。

「……先輩のばか」

うっ……。

「天真のヘタレ」

うぐっ……。

「天真君……ちょっと腰抜《こしぬ》けだね」

ぐあああああ————！

雪音さんにまでひどいことを言われた————！

「なに傷ついてんのよ、バカ天真。これくらい言われて当然でしょ」

「さすがに今のはないと思うよ～？　私もちょっとムッとしちゃったなぁ」

「そうですよ。こういう場面でビシッと決められないなんて、本当にテンガ先輩ですね」

「だ、だってしょうがないだろう！　マジで全員好きなんだから！　一人を選ぶなんてできるか！　むしろ、三人全員と付き合いたいくらいなんだよ俺は！」

勢いに任せてものすごく恥《は》ずかしく、かつ最低なことを叫んでいる気がする。

ただ、これが今の俺の本当の気持ちだ！　花鈴たちの聞きたかった本心だ！

「でもまぁ……ある意味天真らしいかもね。このいかにもヘタレな答え方」

「なっ……！　それってどういう意味だよ月乃ぉ⁉」

「だって、今までアタシたち三人がどれだけエロく迫《せま》っても、エッチなプレイを要求しても、頑《かたく》なに手を出さなかったわけでしょ？　完全にヘタレ男じゃん」

「うぐっ……！」

そ、それは……肇さんとの契約《けいやく》的に手を出すわけにいかなかったからで……。決して俺がヘタレなワケでは……！

「確かに、先輩って案外ヘタレですよね。花鈴がいくら目の前で脱《ぬ》いでも、全然襲ってきませんし」

「うんうん。私がえっちなご奉仕《ほうし》をしても、なかなか喜んでくれなかったよ～」

俺のヘタレ具合で共感し、和《なご》やかな雰囲気《ふんいき》で語り合う三人。

おい、ちょっと待ってくれよ皆《みんな》。変な話題で盛り上がるなよ。

いや……確かにそう言われても仕方ない返事かもしれないけどさ……。

「でも……。こうなったら、それを受け入れてあげるしかないよね。このヘタレで情けない先輩を」

え……？

「うん……。そんな天真のことを、アタシたちは好きになったんだもんね」

「私も、天真君のそういうところが大好きだよ」

彼女たちが不意に、穏《おだ》やかな視線を俺に向ける。

そして――

「天真君の答え、受け取ったよ。これからもよろしくね。『旦那様《だんなさま》』」

「アタシたち、ずっと一緒《いっしょ》にいるから。あ……『あなた』……」

「皆で帰りましょう！　『ダーリン』！」

呼び方を変え、明るい声で言う彼女たち。その呼び方には、三人の気持ちが表れていた。

情けない俺の返事を許容し、一緒に歩んでくれるという気持ちが。

「皆……」

彼女たちが、俺を受け入れてくれた。その嬉《うれ》しさに、心臓がバクバクと躍《おど》りだす。

……これで、俺はようやく取り戻せたんだ。今までの、彼女たちとの日常を。

三姉妹たちの向ける笑顔に、俺も自然と笑顔を浮《う》かべる。

「ありがとう……。皆、大好きだ」

そして、改めて想いを口にした。

エピローグ

ピピピピピ——ピピピピピ——。

目覚まし時計の電子音が、俺の意識を覚醒《かくせい》させた。

「うぅ……。つら……」

時計を見ると、針は午前七時を指している。そして日にちは九月一日。

今日から夏休みが明けて、また学校がスタートする。そのせいで気分は重かった。

この時期、夏休みが明けてもまだまだ暑い日は続くからな。いくら勉強が得意な俺でも、学校に行く気がさすがに失《う》せる。

っていうか、今日は特別暑いな……。まるで誰《だれ》かが一緒のベッドで寝《ね》ているみたいに熱が籠《こも》って——

「はぁ……はぁ……。天真《てんま》君……」

…………ん?

艶《つや》っぽい声が、すぐ近くから聞こえてくる。

不思議に思い、首を回して左側を確認《かくにん》。すると――

「ご主人様のお布団《ふとん》、気持ちいい……。なんだかゾクゾクしちゃうよぉ……」

下着姿で亀甲縛《きっこうしば》りした雪音《ゆきね》さんが、俺の布団に入り込んでいた。

「いや、何をやってんだアンタはぁ――!?」

「あんっ……。ご主人様、起きたんだぁ。おはよう♪」

頰《ほお》を紅潮させながら、淫靡《いんび》な笑顔《えがお》で言う雪音さん。

「おはようじゃないでしょ!? 朝っぱらから何してんですか！」

「もちろんご奉仕プレイだよ。奴隷《どれい》として、エッチな格好で添《そ》い寝させて頂きました！」

うん……。いつも通りのプレイだね。相変わらず何を考えてるんだろうね？」

「ご主人様のエッチな欲求《よっきゅう》を満たすのも、奴隷としての役目だからね！　それとも、添い寝じゃ足りないかな？　でしたら私の体を好きにしてください！」

「しませんよ!?　そもそも添い寝も求めてませんし！」

「遠慮《えんりょ》しなくていいんだよ？　さあ、ご主人様！　このマゾ奴隷のだらしない体をいじめてください！　私のこと辱《はずかし》めてください！」

「一人で勝手に盛り上がんな――――！」

これまでも何度かこういうことはされたけど、やっぱり慣れるもんじゃないな……。寝起きで隣《となり》に下着姿の女子がいるのとか、驚《おどろ》きと興奮で心臓止まりそうになるし……。

「いいから、早くベッドから出てください！　俺もそろそろ起きますから！」

「え～？　このまま一緒《いっしょ》にいちゃダメ？　私と天真君の仲なのに……」

拗《す》ねたような、悲しそうな目を向ける雪音さん。

その表情に、俺は一瞬《いっしゅん》怯《ひる》んでしまう。

「私、もっと天真君と仲良くしたいな……。せっかくまた一緒に住めるようになったんだから……」

「そ、それにしてもこの格好はまずいですって！　せめて服くらい着てくださいよ！」

下着姿に亀甲縛りとか、縄《なわ》が胸を通っているせいでメッチャ強調されてるし。ただでさえ巨乳《きょにゅう》な雪音さんの胸が、ムッチリとパンパンに膨《ふく》らんでやがる。

さらにその胸がさっきから、俺の腕《うで》に当たってきてるし。ふくよかな胸の押し返すような弾力《だんりょく》が、俺の理性を攻撃《こうげき》してくる……！

「大丈夫《だいじょうぶ》、大丈夫♪　もっと過激なことをしてる子もいるから♪」

「は……？」

訳が分からず、呆《ほう》ける俺。

すると……。

「ん～……。何ですか……？　騒《さわ》がしいですね……」

「えっ……？」

また、すぐ近くから別の声が聞こえた。俺はすぐに顔を右側へ向ける。

裸《はだか》の花鈴《かりん》が布団に入り込んでいた。

「あ……先輩《せんぱい》、起きたんですね～？」

花鈴は、正真正銘《しょうしんしょうめい》の全裸《ぜんら》だった。下着すらも身に着けておらず、可愛《かわい》らしく膨らんだ胸を丸出しにして俺に向けている。

「いや、なんでお前もいるんだよ――――!?」

いつの間に忍《しの》び込んだんだよ、コイツら！　暑いはずだわ！　二人も一緒にベッドに入ってきてんだから！

「えへへー。一人じゃ寂《さび》しくて、気づいたら添い寝しに来てました♪」

「『来てました♪』じゃねーよ！　大体なんで裸なんだよ！　せめて服は着て来いよ！」

「だって、服着て添い寝なんてしたらさすがに暑いじゃないですかー」

だったらもう布団から出ていけよ。頼《たの》むから一人で寝てくれよ。

「それに、先輩に花鈴の恥ずかしい全裸を見せつけたかったんですもん……♪」

間違《まちが》いなくそっちがメインの理由だろ。

「あんっ……。先輩の布団で全裸になるの、気持ち良すぎます……っ！　先輩……花鈴のちっぱいとお尻《しり》、いやらしい目で見てください……♪」

「おい、やめろ！　興奮すんな！　そして即刻《そっこく》服を着ろ！」

「嫌《いや》です♪　裸で先輩を誘惑《ゆうわく》します♪」

最高の笑顔《えがお》を浮かべる花鈴。もうコイツの体に接着剤《せっちゃくざい》で服をくっつけてしまおうか……。

「花鈴ちゃん、大丈夫？　裸だとさすがに冷えちゃわない？」

「あ、雪音お姉ちゃん。大丈夫だよー！　先輩の体温で温まるから！」

「なっ――!?」

花鈴が全裸のまま俺に抱《だ》き着いてきやがった。

「あ。じゃあ私もくっつこ～っと」

さらに、雪音さんも同じように抱き着く。

布団の中で、雪音さんと花鈴に両側から抱きしめられる形になった。

「ちょっ、二人とも！　止《や》めて下さいよ！　そんな格好でくっつくな！　暑いし！」

「花鈴はちょうどいいですよ～？　全裸だとお腹《なか》冷えますからね～」

「私も、下着姿だと肌寒《はださむ》いから～」

こいつら、二人揃《そろ》ってエロ行為《こうい》を仕掛《しか》けてきやがる！　協力プレイをしてきやがる！

これは直ちに何か対策をしないといけない……。

そう思った瞬間、部屋の扉《とびら》がいきなり開いた。

「天真ー。そろそろ起きた方が良くない？　今日から学校始まるし──って、え……？」

部屋に入ってきた月乃《つきの》が固まる。

ベッドの中で、密着している俺たちの姿を視界に入れて。

「ちょっ……！　何をしてんのアンタたち──────！」

月乃の怒《いか》りに満ちた叫《さけ》びが、室内に大きく轟《とどろ》いた。

た、助かった……。これで二人のエロ呪縛《じゅばく》から解放される……。

「二人とも朝から何してんの!?　こんなの絶対許されないわよ！」

羞恥心《しゅうちしん》を誤魔化《ごまか》すかのように、雪音さんたちに怒鳴《どな》る月乃。

そうだそうだ。もっと言ってやれ。今後二人がこういうことをしないように──

「やるならアタシも混ぜなさい！　抜《ぬ》け駆《が》けなんて許さないから！」

「そっち!?」

月乃が慌《あわ》てて俺のベッドに潜《もぐ》り込んでくる。これまでの彼女からは、想像できないような行動。かなり大きいサイズのベッドも、さすがに窮屈《きゅうくつ》になってくる。

「はぁ……はぁ……！　アタシだって、天真と一緒に寝たいんだからぁ……！」

しかも早速《さっそく》発情してるし！　恍惚《こうこつ》の表情を浮かべてやがるし！

「ふふっ。天真君、私たち全員に愛されてるね～」

「それは正直嬉しいですけど……！　こんな形は望んでませんよ！」

三姉妹《しまい》たちと再び一緒に過ごすようになって少し経《た》つが、彼女たちの変態行為はますますエスカレートしてしまっていた。

三姉妹同士で性癖《せいへき》がバレてからというもの、三人は互《たが》いに気兼《きが》ねなくエロ行為を仕掛けるようになったのだ。隠《かく》さなくていい分、これまで以上にプレイが大胆《だいたん》になっている。

その上、時には今のように、三人揃って変態行為をしてくるものだから手に負えない。

花鈴が脱《ぬ》ぎ、雪音さんが縛《しば》り、さらに月乃が発情する。そして同時に襲《おそ》われたら、さすがの俺も捌《さば》ききれない。

ただ……その責任の一端《いったん》は、実は俺にもあったりする。

「そう言うなら、先輩にちゃんと結論出してもらわないとですね～」

花鈴が俺に抱き着いたまま、意味深な笑顔を向けてくる。

「先輩、そろそろ決まりましたか？　花鈴たちの、誰を選ぶのか」

「うっ……」

そう。

彼女たちがエロ行為を仕掛け続けてくるのは、何も性癖のためだけじゃない。全員俺にアピールしようとしているのだった。

あの時俺が彼女たちの誰かをちゃんと選ばなかったため、神宮寺《じんぐうじ》家ではただいま修羅場《しゅらば》が絶賛継続《けいぞく》中なのだ。

あの時は俺の答えを受け入れてくれた三姉妹だったが、結局それでは満足できなかったようだ。一番になろうと、隙《すき》あらば俺を誘惑してくる。以前のようにケンカをするようなことはないが、仲良く俺を取り合っているのだ。そのためしばしば、このような集団エロ行為が巻き起こってしまう。

身から出た錆《さび》とはいえ、辛《つら》い……。

「三人同時に誘惑されるのがキツイなら、そろそろ花鈴を選びませんか？」

「ううん。ご主人様は私を選んでくれるよね？」

「天真の一番は、アタシだもん……！　はぁ、はぁ……！」

「いやいやいや！　ちょっと待ってくれ！」

答えを迫《せま》る三姉妹たちを、俺は必死に制止する。

「前も言っただろ⁉　誰かを選ぶなんてできないんだよ！　俺にとって、三人全員が大事な嫁《よめ》だ！　一人を決めるなんてできない！」

修羅場を収めようと、改めて気持ちを訴《うった》える。

だが、彼女たちは止まらない。

「それなら……選びたくなるようにしてあげる」

月乃が突然《とつぜん》花鈴たちを押しのけ、俺の体に乗ってきた。

「つ、月乃⁉」

「さあ、天真……。アタシと一緒《いっしょ》にえちえちしよ……？　既《き》成事実《せいじじつ》を作っちゃお……？」

俺の下腹部の辺りに座り、エロエロしく腰《こし》を振《ふ》る月乃。彼女の柔《やわ》らかい体によって程よく体重がかけられるため、乗られる感触《かんしょく》がとても気持ちいい。ホットパンツから延びる太ももが、視界にとても眩《まぶ》しく映った。

「あー！　月乃お姉ちゃんズルイ！　そこは花鈴の場所なのに！」

「違うよ！　天真君の童貞《どうてい》は私のものだよ！」

「いや、そんなの決まってませんけど⁉　なんで二人とも所有権を主張してんだよ！」

動けないまま、せめてもの抵抗《ていこう》でツッコむ俺。

しかし三人は、もはや俺の言葉を聞いてない。

「二人とも！　ここは長女の私が天真君とお付き合いさせてもらうよ！」

「そうはいかないよ雪音お姉ちゃん！　先輩は花鈴の恋人《こいびと》だから！」

「天真の隣は、アタシが譲《ゆず》らないんだからぁ……！」

彼女たちが、まるで大事なものを守るかのように俺の体をギュッと抱く。

そして互いに一歩も引かずに、修羅場をどんどん激化させていった。


――俺はきっと、これから先もこんな日常を送るのだろう。ちょっぴり……いや、とてもえっちな三姉妹たちがすぐ側《そば》にいる日常を。

その生活は賑《にぎ》やかで、色々と苦労することが多い。けれど――やっぱり楽しくて、俺にとってはかけがえのないものだった。

俺には彼女たちの誰か一人を選ぶことなんてできはしない。でもその代わりに、俺はこの三姉妹たちを全員まとめて幸せにするんだ。三人全員を、ずっとこの上なく愛していくんだ。

これから生きていく中で、この選択に異を唱える者もいるだろう。しかし、そんなことは関係ない。これが俺の――俺たちの選んだ幸せだから。


「天真ぁ……。早くアタシを襲って？」

「先輩！　花鈴とエロいことしましょう！」

「ご主人様！　私のこと、たっぷり調教してください！」

「ああもう！　皆《みんな》、いい加減にしてくれ――――！」

興奮しきった三姉妹たちに、俺は心の底から叫んだ。

頬《ほお》が緩《ゆる》んでしまいそうになるのを、必死の思いでこらえながら。

あとがき

皆様《みなさま》こんにちは。作者の浅岡旭《あさおかあきら》です。

ちょうど一年前から始まりました『ちょっぴりえっちな三姉妹《しまい》』シリーズ、この四巻でめでたく完結でございます。

本シリーズにここまでお付き合い頂きまして、本当にありがとうございました。色々と悩《なや》みながらもこうして完結までたどり着くことができたのは、皆様の応援《おうえん》があったからです。これ以上ないほど感謝しております。

さて、この一年間。私はずっとエッチな女の子たちについて妄想《もうそう》を膨《ふく》らませておりました。……文字にするとちょっと危ない人みたいですね。とにかく、とても楽しみながらシリーズを執筆《しっぴつ》しておりました。自分の中でも三姉妹たちが、すごく魅力《みりょく》的な人物だったからでしょう。

ところで皆様は、今作の中で誰《だれ》が一番好きだったでしょうか？『雪音《ゆきね》が好き』『月乃《つきの》がいい』『花鈴《かりん》が可愛《かわい》い』。ありがたいことに、色々な意見を読者の方々から頂きました。ちなみに私は、花鈴と葵《あおい》が特に好きだったりします。小さい妹って最高ですよね。

しかし振《ふ》り返ってみると今作は、本当に終始変態が変態しているお話でした。パンツを脱《ぬ》いだり、ご奉仕《ほうし》したり、発情して胸を触《さわ》らせてきたり……。そんな内容でしたので、三姉妹たちが明らかにアウトなプレイに及《およ》んだり、一線を越《こ》えて十八禁な展開になったりしないよう、苦労して書いた記憶《きおく》があります。いや、今でも十分アウトかもですが……。

ところが自分、実はもともとエッチなシーンを全く書けない人間でした。デビューする遥《はる》か前の作家志望者だった頃《ころ》。やはりラブコメの長編作品をいくつか執筆していたのですが、パンチラやパンモロやおっぱいタッチがあるシーン……いわゆるサービスシーンというやつは少しも取り入れていませんでした。

その理由は……ただただ恥《は》ずかしかったから。お風呂《ふろ》で全裸《ぜんら》の女子と遭遇《そうぐう》したり、転んだ拍子《ひょうし》にスカートの中に顔を突《つ》っ込《こ》んでしまったり、うっかりパンツを脱がしちゃったり、そんなエッチぃシーンを書くことがとても恥ずかしかったのです。どうしても照れが入ってしまい、パンツの一枚すら登場させることができません。

さらに言えば、もしそんなエッチ系ラブコメを書いてデビューすることになってしまえば、自分の考えたエロシーンを、友達や編集の方、さらには読者の方々に読まれることになるわけです。

そんなの、日本全国に自分の性癖《せいへき》を暴露《ばくろ》するようなものじゃないですか。そんな辱《はずかし》め、耐《た》えられません！　性癖なんか最強の個人情報ですよ？　それを世界に発信するなんて、正気の沙汰《さた》じゃありません。

そこで自分は、『ラブコメと言えど、エロシーンがなくてもいい話は書ける！』『むしろ自分はエロなしの純粋《じゅんすい》なものを書いていこう！』と決意しました。そして健全なラブコメ作家を目指して歩み始めたのです。


それが…………今やこのザマです。

今なんて、滅茶苦茶《めちゃくちゃ》ノリノリで変態シーンを書いてますからね……。『月乃の発情シーン楽すぃ――――！』とか、『雪音の巨乳《きょにゅう》ご奉仕キタ――――！』とか『花鈴の脱衣《だつい》、書きごたえあるぜ――――！』だの、ハイテンションで考えながら書いてますから。

どうしてこうなってしまったのでしょう？　純粋だった頃の私は、どこに消えてしまったのでしょう？　でも、後悔《こうかい》はしていません。

むしろこの道を選んでよかったとさえ思っています。自分の考えたエッチな美少女を、アルデヒド先生のイラスト付きで見られるなんて、これ以上ない幸せですから。

イラストと言えば、月刊コミックアライブにて連載《れんさい》して頂いている本作のコミカライズ版が、この四巻と同じ月に発売となります！

未読の方も、この機会にお読みいただければ幸いです！　鹿《しか》もみじ先生の描《えが》く超絶《ちようぜつ》エロ可愛い三姉妹たちを、ぜひお楽しみくださいませ！

さて、そんな風にエッチな三姉妹たちを書きたくて始めた今作ですが、執筆作業をしている内に、彼女たちの変態以外の魅力にも気が付くことができました。

発情癖に打ち勝つために努力する月乃や、露出漫画《ろしゆつまんが》で皆を幸せにしたいという夢を持つ花鈴。そして、妹のために頑張《がんば》りすぎてドMを芽生《めば》えさせた過去を持つ雪音。

シリーズを進めていくにつれ、そんな彼女たちの一面を発見することができました。

さらにもう一つ気が付いたのは、彼女たち全員が性癖に関する問題を抱《かか》えているということです。月乃はもちろん、エロを謳歌《おうか》しているように見える花鈴や雪音も同様でした。

エッチな自分が嫌《いや》だったり、性癖のせいで姉二人へのコンプレックスを強めていたり、長女として働きすぎたせいで性癖が加速してしまっていたり……。三人とも、それぞれの問題を抱えていました。

しかし彼女たちは仲の良い姉妹同士ですら、その問題を隠《かく》し通しておりました。お互《たが》いに性癖について相談するようなこともなく。

それは彼女たちの根底に、姉妹同士での深い愛情があったからです。

月乃はエッチな自分がバレることで二人に嫌《きら》われるのを恐《おそ》れ、花鈴は大好きな二人の姉に弱みを見せたくないと思い、雪音は自分が変態と知られれば大切な妹に迷惑《めいわく》がかかると考えた。

三人はそれぞれ相手のことが好きだからこそ、自分の胸に秘密を抱えていたわけです。

そんな彼女たちは私にとって、一人の立派な女の子でした。ただ変態なだけじゃない、心の強さや優《やさ》しさや家族に対する愛情に溢《あふ》れた、魅力的な少女たちでした。

読者の皆様方にとっても、彼女たちがそういう存在に見えていれば、とても嬉《うれ》しく思います。

そして主人公である天真《てんま》もまた、そんな三人にふさわしい実直で優しい人物になることができたと思っています。

三者三様の悩みを抱《いだ》く彼女たちを、必死になって支えた天真。厄介《やっかい》な性癖を持つ三姉妹たちに散々振り回されながらも、時には体を張りながら、それどころか自分の人生もかけて、彼女たちを守り切った天真。

あの三姉妹たちとずっと一緒《いっしょ》にいられるのは、きっと彼しかいないでしょう。

こんな風に、天真や三姉妹たちについて色々なことを考えながらストーリーを執筆していく時間は、本当に楽しいものでした。

そう考えると、完結することがやはり少し寂《さび》しいです。しかしきっと、天真たちの夫婦生活は私の知らないところでも続いていくと思います。

作者として彼らの生活がずっと円満に続いていくよう、心の底から祈《いの》っております。

と言ったところで、締《し》めに入ろうかと思ったのですが……。今回はまだ続きます。

なんだか今回、あとがきのページがとても多いのです。最終巻のため、サービスして頂けたみたいです。

そのため、もう少しお話しさせて頂きたいと思います。せっかくなので、この作品の制作時に起きた出来事について……。

今シリーズの執筆中、実は長期間にわたって苦労させられていたことがあります。

それは一言で言うと……騒音《そうおん》。

我が家のすぐ側《そば》には昔から小さな会社が建っていたのですが、三姉妹の企画《きかく》を立ち上げる少し前から、その取り壊《こわ》し工事が始まったのです。

これがもう、ものすごく騒《さわ》がしいわけですよ。

もちろん、それはしょうがないです。工事なんですから騒がしくて当然。文句を言うつもりはありません。

でも、やっぱり気になるんです。

コンクリートの三階建てほどの建物を重機で破壊《はかい》するわけですから、騒音がかなりあるんです。朝の八時から夕方五時までドッタンバッタン大騒ぎ。

加えて震動《しんどう》。これもすごい。大きな杭《くい》を装備した重機で建物をガンガン壊すのですが、その度に家が揺《ゆ》れるんです。震度《しんど》一から二くらいの揺れが、断続的に続く感じ。

やはり私も、一日家にこもってプロットの推敲《すいこう》や本文の執筆に勤《いそ》しむ日もあるわけですが、中々集中することができない。

さらに、建物が壊されたことで住処《すみか》を失った害虫が、我が家をはじめとした近隣《きんりん》住宅に出没《しゅつぼつ》し、色々ひどい目に遭《あ》いました。

特に、三姉妹一巻を執筆し、色々改良を重ねている時期。この間はかなり苦労しながらお仕事をすることになりました。

まあでも、そんな工事もあまり長くは続きません。幸い、二巻の執筆中くらいには音の出る工事は無事終わりました。

ああ、やっと終わったなと。これでゆっくり書けるなと。ようやく安心できました。

そんな時、家のチャイムが鳴ります。確か、建築会社の人でした。

『〇月から隣《となり》の敷地《しきち》でマンションの工事を行いますので、そのお知らせに伺《うかが》いました』

いや、また工事始まるんか――――――――――――――い！

また騒音が出るやないか――――――――――――――い！

結局三巻の執筆時期くらいから、もともと隣に建っていた家の解体工事が始まって、四巻の執筆時期にはマンション建築のための土台工事が始まりました。

しかもその間、家の近くに賃貸アパートが建てられたり、道の向こうで立て続けに建物の取り壊しが行われたり、他にも様々な工事が起こり……。

この地域、どんだけ再開発進んでるんでしょう。

とにかく今作は、騒音と戦いながら執筆を行ったシリーズでした。

そんなお話をしている間に、ページ数も残り少なくなってまいりました。

以下、謝辞に移らせていただきます。

担当のS様。今シリーズの立ち上げから最後まで一緒に知恵《ちえ》を絞《しぼ》って頂き、誠にありがとうございました。担当様のお力がなければ、この作品を始めることもできなかったと思います。深く深く感謝しております。

イラストのアルデヒド様。今回も素晴《すば》らしいイラストをありがとうございます。私の想像の遥か上を行く三姉妹たちのエロ可愛さに、ラフ絵を頂くのを毎回楽しみにしておりました。今回の口絵の月乃なども、最高にエロくて素敵です！

コミカライズ版担当の鹿もみじ様、ならびにコミックアライブ関係者の皆様《みなさま》、本作を漫画にしてくださり、本当にありがとうございます！　コミカライズされた三姉妹たちはものすごくえっちで可愛くて、ネームを見させて頂く度《たび》に幸せな気持ちになりました。

その他、本書に携《たずさ》わってくださった全《すべ》ての方々に、心より感謝を申し上げます。

そして何より、ここまでお付き合いしてくださった読者の方々。

先にも述べましたが、このシリーズを無事に完結させられたのは、皆様が支えてくださったおかげです。どれだけ感謝してもしきれません。本当の本当に、どうもありがとうがとうございます。

さて、これで今シリーズは終了《しゅうりょう》ですが、この後のページに少しだけ、三姉妹それぞれとの日常を書いた短編をご用意させて頂いております。本編の後のこぼれ話のような形です。これで最後になりますが、お楽しみ頂ければ幸いです。

それでは、また近い内に次作でお会いできることを願って。

二〇二〇年四月某日《ぼうじつ》　浅岡旭

その後の日常　～花鈴《かりん》編～

ある日。俺が部屋で勉強をしていると、突然《とつぜん》部屋の扉《とびら》が開いた。

驚《おどろ》いて振《ふ》り向くと、真面目《まじめ》な顔をした花鈴の姿が。

彼女はずんずんと部屋に踏《ふ》み入り、俺の前までやってきた。

「天真《てんま》先輩《せんぱい》！　お話があります！」

「な、なんだ……？　突然どうしたんだよ……？」

「花鈴に結婚《けっこん》指輪をくださいっ！」

何の用かと身構えていたら、意味不明なことを言い出した。

「け、結婚指輪……？」

「はいっ！　先輩と花鈴は、夫婦として一緒《いっしょ》に住んでるんですよね？　だから、結婚指輪がほしいです！」

「いや、待て待て……。別に俺たち、本当に結婚してるわけじゃないだろ……。というか、なんでいきなりそんなこと……？」

「だって先輩、前に雪音《ゆきね》お姉ちゃんにプレゼントあげてたじゃないですか！　あの猫《ねこ》ちゃんのネックレス！」

「あー……。確かにあげたけど……」

「お姉ちゃんにだけアクセサリーを渡《わた》すなんて、そんなの不公平ですよ！　花鈴も天真先輩から、何かプレゼントをもらいたいんです！」

つまり、花鈴は雪音さんに嫉妬《しっと》してるというわけか……？

それにしても、急な話だな……。しかも、なんで結婚指輪なんて指定を……？

「それに……結婚指輪を持ってたら、お姉ちゃんたちと差が付きますし……」

あ、それが一番の理由だな。どうやって修羅場《しゅらば》を有利に進めようか考えた結果、俺から指輪をもらって認められた感を出す方法を思いついたに違《ちが》いない。

「とにかく、花鈴に結婚指輪を贈《おく》ってください！　その代わり、花鈴からもプレゼントを用意しましたから！」

「え……？　俺に……？」

「もちろんです！　もらうだけなんて、花鈴の良心が許しませんから！」

花鈴が手に持っていた紙袋《かみぶくろ》を俺に手渡《てわた》した。

何だろうと思い、中に入っていたものを取り出す。それは、数冊の分厚い書籍《しょせき》

『赤裸々《せきらら》ガール～露出《ろしゅつ》少女とえっちぃ放課後～』

『クラスの喪女《もじょ》が実はドスケベビッチだった件』

『催眠《さいみん》学級！　毎日皆《みんな》でイキ狂《ぐる》い！』

「全部エロ本じゃねーかぁぁぁぁぁ！」

思わず本を叩《たた》きつけそうになってしまった。

「はい！　花鈴が選んだ珠玉《しゅぎょく》のエロ本トップスリーです！　さあ、たんとお読みくださ い！」

「読まねーよ！　頼《たの》むから持って帰ってくれよ！」

ドヤ顔の花鈴に、紙袋ごとエロ漫画《まんが》を全《すべ》てつき返す。

「それじゃあ、持ち帰る代わりに結婚指輪をお願いします！」

「なにその強引《ごういん》な交換《こうかん》条件！　どんだけ指輪ほしいんだよ⁉　なんでそこまでこだわるんだ⁉」

花鈴の気持ちがいまいち分からず、怒鳴《どな》るような形で尋《たず》ねる俺。

すると——花鈴が途端《とたん》に俯《うつむ》いた。

「だって……。結婚指輪は、全女子の憧《あこが》れなんですもん……」

どこか悲し気に、自分の気持ちを吐露《とろ》する彼女。

「指輪をもらえるっていうことは、その人からすごく愛されてるってことなんですよ？それで花鈴も、愛されてる実感がほしいんです」

「花鈴……」

「指輪と言っても、オモチャとかで十分なんですよ……。ただ、先輩から夫婦の証《あかし》をもらいたいんです……」

切実な様子で、花鈴が俺の目をじっと見つめる。

「……っ」

そう言われると、なんだか俺も気持ちに応えたくなってきた……。でも、急に言われても指輪なんて用意できないぞ……？

そう思って悩《なや》んでいると、花鈴が重い口調で言った。

「だから花鈴は、絶対に指輪がほしいんです……！　もし先輩が拒否《きょひ》するのなら……花鈴はここで脱《ぬ》ぎますよ？」

「いや、脅迫《きょうはく》すんなよ！　ってか、いきなりエロ方面に話を持って行くんじゃない！」

「はい、10……9……」

「いや、待て待て！　カウントダウンを始めるな！　指輪なんてすぐには用意できないからな⁉」

「2……1……はい、どーん！」

花鈴が大幅《おおはば》にカウントを端折《はしょ》って、穿《は》いていたミニスカートを脱いだ。

「もう……。しょうがないですね、先輩。そんなに花鈴の裸《はだか》が見たいんですか？」

「いや、お前自分が脱ぎたいだけだろ！　ってか、スカートの下ノーパンじゃねえか！」

スカートを下ろした後には、彼女の下半身は丸出しだった。いい加減慣れてきたから咄《とっ》嗟《さ》に目を逸《そ》らすことができたが、この子本当に核弾頭《かくだんとう》レベルで危険だな。

「早くスカート穿き直せよ！　ってか、パンツくらいちゃんと穿いてこい！」

「ちゃんとパンツを穿いてほしくば、指輪を贈ると花鈴に約束をすることですね。そうすれば要求を呑《の》みましょう」

「下半身丸出しのくせになんでそんなに偉《えら》そうなんだよ⁉　ああもう……こうなったら、奥の手だ！」

俺は自分のタンスを開き、未使用のパンツを一枚取り出す。

それを片手に、花鈴をベッドに押《お》し倒《たお》した。

「キャッ⁉　先輩、何をするんですか⁉」

「穿く気がないなら、力ずくで穿かせてやるまでよ！　さあ！　覚悟《かくご》するんだな！」

「ええええ⁉　先輩、本気ですか⁉　――ひゃうんっ！」

驚いて、反射的に抵抗《ていこう》しようとする花鈴を押さえる。

そして俺は、無理やり花鈴の足にパンツを通して、しっかりとそれを穿かせてやった。

「ううう……。先輩、大胆《だいたん》過ぎますよぅ……。自分のパンツを花鈴に無理やり穿かせるなんて……。あ、でもなんか興奮します……！　いわゆる『彼シャツ』みたいな感じで……」

「おい、やめろ！　恍惚《こうこつ》とした顔すんな！　それにこのパンツ、俺のじゃねえよ！」

「え……？」

そう。俺が花鈴に穿かせたパンツは、女性物の未使用パンツ。水色の可愛《かわい》らしいデザインのものだ。

「あ、あれ……？　なんで先輩が女性物のパンツを持ってるんですか……？」

「…………」

花鈴の指摘《してき》に、俺は言葉を詰《つ》まらせる。

しかし、このままでは俺が女性物のパンツを所持する変態であると思われてしまう。

それを避《さ》けるため、俺は仕方なく口を開いた。

「花鈴……油断したら、すぐにパンツを脱ぐだろう……？　でも俺がプレゼントした物なら、ちゃんと穿き続けるかと思って……」

「えっ……？　ってことは……これ、先輩からのプレゼント……？」

花鈴の問いに、何も言わずに頷《うなず》く俺。

すると——花鈴が爆発《ばくはつ》した。

「うわ————い！　やった————————！　先輩からのプレゼント————————！」

喜びの声を上げ、パンツ丸出しの状態で部屋をぴょんぴょん飛び跳《は》ねる花鈴。

「先輩の初めてのプレゼントです——っ！　ああもう、嬉《うれ》しくて死にそうですよ！」

雪音さんに嫉妬していたこともあってか、俺からの贈り物をとても喜んでくれているようだ。それが結婚指輪でなくとも。

まったく……本当はもっとタイミングを見てプレゼントしようと思っていたのに。

まあでも、いいか。ロマンチックなタイミングでパンツを贈るのもどうかと思うし。

「先輩、ありがとうございますっ！　これは先輩と花鈴の結婚パンツなんですね！」

「いや、何その概念《がいねん》!?　初耳だけど！」

「これがあるなら、指輪なんていりません！　本当にありがとうございます！」

まあ、喜んでるならそれでもいいか……。結婚パンツってことにしても……。

「それじゃあ、早速《さっそく》お姉ちゃんたちに自慢《じまん》しますね！　先輩と花鈴の結婚パンツ！」

「えっ？」

「花鈴の可愛くてエッチなパンツ、皆に見せびらかしてきます！　ハァハァ……！」

「って、やめろ花鈴！　露出プレイに使おうとすんな――――！」

興奮し、スカートを穿かずに俺の部屋から飛び出す花鈴。

俺は慌《あわ》てて、浮《う》かれ切った彼女を追いかけた。

その後の日常　〜雪音《ゆきね》編〜

「ねぇ、天真《てんま》君。新婚《しんこん》初夜はいつがいいかな？」

雪音さんと二人で夕食の準備をしていると、彼女が唐突《とうとつ》に聞いてきた。

「は……？」

一瞬《いっしゅん》質問の意味が分からず、間抜《まぬ》けな顔で呆《ほう》ける俺。

「え……？　あの、新婚初夜って……？」

「あれ？　天真君知らないの？　新婚初夜っていうのはね？　結婚《けっこん》してから初めて二人で迎《むか》える夜で、一般《いっぱん》的にはその時にエッチを――」

「いやいやいや！　それは知ってますから！　ちゃんと説明しなくていいです！」

全部言おうとする雪音さんの声を、俺は慌てて遮《さえぎ》った。

「俺が聞きたいのは、なんでいきなりそんな話題を振《ふ》ってきたのかと言うことで……」

「だって、私たちは夫婦でしょう？　だからそういう行事も大切にしないといけないと思って」

個人的には、全力でスルーしたい行事なんですがね……。

「前とは違ってお父さんも私たちの仲を認めてるし、遠慮《えんりょ》する必要はないんだよ？　だから、思い切って私たちも次のステップに進もうよ」

「いや、確かに契約《けいやく》のことはいいみたいですけど……」

それでもやっぱり、軽はずみに初夜とかできるわけがない。

それに俺は、三姉妹《しまい》全員のことが好きで、特定の誰《だれ》かと付き合っているわけじゃない。

そんな状態で誰かと体を重ねたりはできない。

「そもそも、俺たちまだ高校生ですし！　そういうことしちゃマズイでしょ！」

「え～、そうかな？　天真君、私のコト好きでいてくれてるんだよね？　私も天真君が大好きだし、別にいいと思うんだけど」

よくないよ。こういうデリケートな問題は、もっと大事に考えるべきだ。

「私なんて、その時に備えて色々準備もしてるんだよ？　ほら」

雪音さんが、どこからか取り出したバッグを開いた。そして中身を出していく。

入っていたのは、太い麻縄《あさなわ》に手錠《てじょう》や足枷《あしかせ》、目《め》隠《かく》しに鞭《むち》にろうそくに、さらには電マにローターなど、いかにも彼女らしい持ち物だった。

「いや、何ですかこの邪悪《じゃあく》な道具の数々は!?」

「私のSMコレクションだよ♪　どんなプレイを求められてもいいように、普段《ふだん》は枕元《まくらもと》に置いてるの。ハァハァ……！」

この人どんだけエロに情熱を注いでるの？　さすがに性欲突《つ》き抜《ぬ》けすぎだろ。

「ねぇ、天真君……。今からちょっとだけ試してみない？　せっかく今は二人っきりだし、本番に備えて道具の確認《かくにん》をしてみよう……？」

「いや、しませんから！　お願いだからソレしまってください！」

「でも……もう私、我慢《がまん》できないの……。すごくえっちな気分なのぉ……」

雪音さんが、荒《あら》くて熱い吐息《といき》を漏《も》らした。そして、とろんと潤《うる》んだ瞳《ひとみ》を向ける。

「お願いします、ご主人様！　この鞭で、私の胸を叩《たた》いてください！」

そう言いながら、雪音さんが突然《とつぜん》着ていたシャツをガバッと開いた。豊かな胸を守っている、可愛らしいピンクのブラが晒《さら》される。その胸のあまりの大きさによって、谷間がはっきりと映えていた。

彼女はそのまま両腕《りょううで》で胸を挟《はさ》み込み、今にもブラからこぼれそうな特大の巨乳《きょにゅう》を強調する。挟まれた胸が縦方向に大きく膨《ふく》らみ、余計に胸を大きく見せた。

「私の体、いっぱい虐《いじ》めて！　恥《は》ずかしいところ、ご主人様にたくさん叩いてほしいです！」

「うわあああ⁉　止《や》めて下さいよ！　そんなことする気ないですから！」

「おっぱいは嫌《いや》？　それじゃあ、お尻《しり》をお願いします！」

今度は後ろを向き、お尻をこちらに突き出す彼女。白のデニムを穿いていたが、中に着けているピンクのパンツがしっかり透《す》けてしまっていた。

「そういう問題じゃありませんから！　プレイ自体が無理なんですって！」

「ご主人様ぁ、お願いします……！　私を一人の女にしてっ！　恥ずかしい雌《めす》奴《ど》隷《れい》にしてえっ！」

「しませんよ！　変な要求しないでください！」

彼女の変態なお願いを、俺は頑《かたく》なに突っぱねる。

すると雪音さんが、若干《じゃっかん》拗《す》ねたように俯《うつむ》いた。

「うぅ……ご主人様のいじわるぅ……。私はもっとご主人様にエッチな調教してもらいたいのに……。エッチなご奉仕《ほうし》もしたいのに……」

「だから、そういうことはもっと大人になってからです！　雪音さんも、それまでちゃんと我慢してください！」

「えっ……？」

ふと、雪音さんが顔を上げた。

「ということは……。大人になったら、調教プレイをしてくれるの？」

「あっ……」

しまった……。今、口を滑《すべ》らせたかも……！

「それに、『雪音さんも我慢してください』って……。もしかして、ホントは天真君も私とエッチなことをしたいとか？　それでも我慢してるとか？」

「あああ！　今のは言葉の綾《あや》です！　別に深い意味はありませんから！」

誤解されないよう、そこはハッキリ否定しておく。

「でも実際、こういうのは軽々しくすることじゃないでしょう！　確かに俺は雪音さんのことが好きですけど、だからこそ簡単に体を重ねたりはできません！　雪音さんのことを、ちゃんと大切にしたいですから……！」

雪音さんとそういうことをするにしても、欲望に流されてのプレイなんて嫌だ。そんなのは俺の信条に反する。

「もしするなら、相手のこととか将来のこととか、ちゃんと考えたうえでしたいんです。だからいくらお願いされても、刹那《せつな》的にはできません」

「あ……。そっか……。そうだよね……」

俺の言葉に、雪音さんも頷いた。

「天真君……本当に私のことを真剣《しんけん》に思ってくれてるんだね……。私ももっと、天真君のことを考えないと……」

彼女は呟《つぶや》き、そして真っすぐ俺を見る。

「天真君……ありがとう。私も我慢することにする。エッチなことを考えるのを」

「ほ、ほんとですか……？」

「うん。天真君の言葉で、目が覚めたの」

よかった……。雪音さんも、ようやく分かってくれたようだ。これでもう、彼女も無闇に性癖《せいへき》を押し付けて来たりはしないだろう。

「それに……お預けプレイだと考えたら、それはそれで興奮するもんね！　ハァハァ……！　ご主人様に放置プレイされちゃってるよぉ……！」

「いや、全然我慢できてね――――！」

結局この人は、どんなことでも性的な興奮に変えてしまう。

やっぱりドMって、ある意味最強なんだろうな。彼女を見てそんな確信を抱《いだ》いた。

その後の日常　～月乃《つきの》編～

夏休みが明け、初めての登校日。

俺は学校に行くために、月乃と一緒《いっしょ》にいつもの道を歩いていた。

ちなみに、雪音《ゆきね》さんと花鈴《かりん》の姿はない。雪音さんは生徒会の用事で、花鈴は日直で俺たちより先に家を出たのだ。

「～♪　～～♪」

「月乃……？　どうしたんだよ？　そんなに嬉《うれ》しそうにはしゃいで」

上機嫌《じょうきげん》に鼻歌をうたう月乃に、訝《いぶか》し気な目を向ける俺。

すると彼女は、にこやかに俺の顔を見て言う。

「だって、実際嬉しいし。珍《めずら》しく天真《てんま》と二人っきりでいられるから」

月乃の言葉に、心臓が一瞬鼓動《いっしゅんこどう》を忘れる。

こ、コイツ……。不意打ちでかなりキュンとすることを言いやがったぞ……！

「ま、まあ……。確かに、二人っきりはあんまりないな……」

動揺《どうよう》を悟《さと》られないように、平静な態度を装って返した。

「ね？　でしょ？　家の中は雪姉と花鈴もいるし、学校だってクラスは同じでもあんまり一緒にいられないじゃん。噂《うわさ》になったらさすがに恥《は》ずいし」

「そうだな……。特に月乃の場合、雪音さんたちと比べても一緒にいる時間が短いかもな。これまでも、散々避《さ》けられてたし……」

「うっ……！　それはゴメンて……。アタシも悪いと思ってるわよ……」

「いや、別に責めたワケじゃなくて……。ただ、懐《なつ》かしいなと思ってさ」

あの時から比べると、月乃の態度も随分《ずいぶん》と変化したものだ。最初の頃《ころ》は俺にこんな笑顔《えがお》を向けるなんて、想像もできなかったからな。

まあ、発情癖のことがあるから仕方ない部分も多いんだけど――

「ねぇ、天真……。アンタはなんで、アタシのことも好きでいてくれるの？」

月乃がいきなり、足を止めて俺に尋《たず》ねてきた。

「え……？　突然どうしたんだよ……？」

「だって……。天真が言う通り、アタシは今までアンタのことを避けてきたでしょ？　考えてみれば、好かれるようなことは何にもできてないと思って……」

不安そうな目を俺に向ける月乃。

「それにアタシ……雪姉みたいに綺麗《きれい》じゃないし、花鈴みたいに可愛《かわい》くもない……。エッチなことにも抵抗《ていこう》あるから、天真を満足させられないかもしれないし……。だからって、前みたいに発情癖に頼《たよ》るのも嫌だし……」

「月乃……」

「それでも天真は、アタシのことを好きでいてくれるの？　他の二人と同じように……」

震《ふる》えた声で月乃が問う。

本音を確認《かくにん》するのが怖《こわ》いのか、彼女は俯きがちに俺から顔を逸《そ》らしていく。

「…………」

そんな彼女に、俺はまっすぐ視線を向ける。

そして――

「俺は……いつまでも月乃の側《そば》にいたい」

自分の想《おも》いを、短い言葉に込めて伝えた。

「俺はお前のことが好きなんだ。その気持ちに偽《いつわ》りなんかない」

月乃は彼女自身が思っているより、ずっと綺麗で可愛いと思う。

それに俺は……三姉妹の中で月乃にはひと際《きわ》、家族の温《ぬく》もりを感じている。お嫁《よめ》さんとしての温もりを、彼女に強く感じている。

以前葵《あおい》が迷子になった際、三姉妹たちが俺を抱《だ》きしめて慰《なぐさ》めてくれた。あの時月乃は発情癖がありながら、体を張って俺を支えてくれたんだ。その温もりは、今も俺の胸に強く残っている。

その優《やさ》しさが本当に嬉しくて……俺は月乃といつまでも一緒にいたいと思ったんだ。

そんな気持ちを、拙《つたな》い言葉で彼女に語る。

「へぇ……。そっか……。そうなんだ……」

すると彼女は素《そ》っ気《け》なく、しかし幸せそうに頷《うなず》いた。

そして彼女は顔を上げ、今度はちゃんと俺を見て言う。

「ねぇ、天真……。ありがとね？」

「お礼を言うのは、俺の方だろ。三人の誰《だれ》と付き合うか選べないような情けない俺と、一緒にいてくれるんだから。それに俺じゃ、月乃に全然釣《つ》り合わないしな」

「そんなことない。天真の方がアタシなんかより立派だし。それに今のは、好きでいてくれることに対するお礼じゃない」

月乃が言葉を溜《た》め、息を吸う。

そして、俺に告白をしたときのような調子で言った。

「──昔の約束、ちゃんと守ってくれたから」

「え……？」

昔の、約束……？　何のことだ……？

突然話が飛躍《ひやく》して、頭が混乱してしまう。

「覚えてない？　結婚届《けっこん》けって言えば分かると思うけど？」

「けっこんとどけ……。それって、まさか――!?」

頭の中に、一枚の手紙が思い浮《う》かんだ。昔、初恋《はつこい》の少女にもらった手紙が。

「俺の初恋の人って……月乃か……!?」

問いかけに、月乃が小さく頷いた。

「やっぱ気づいてなかったんだ？　ま、無理もないか。アタシも全然分かんなかったし」

「う、嘘《うそ》だろ……!?　本当にそうなのか……!?」

三姉妹の誰かがそうかもしれないと思ってはいたが、本当に再会できるとは……。

そういえば前に月乃からも、初恋の人がいるという話を聞いたことがあった。まさか、それが俺だったのか……！

「月乃は、いつから気づいてたんだ……？　俺が約束の相手だって……」

「つい最近。皆《みんな》でデートした次の日に、アタシ天真の部屋に行ったでしょ？　その時、机にあったのが見えたの。アタシが昔初恋の人に渡《わた》した手紙が」

そう言えば、前日にクローゼットから手紙を出して、置きっぱなしにしていた気がする。

三姉妹の字と手紙の字が似てることに気づいた衝撃《しょうげき》で、しまうのを忘れてしまっていた。

それを見て、俺が意中の相手だと気づいたのか。

「まあその前から、薄々《うすうす》気づき始めてたけど……。文化祭のミスコンの時とか、昔アンタに惚《ほ》れた時と、全く同じこと言われたし。そのせいでアンタのこと意識して、本当のお嫁さんになりたいと思った……」

おい、待て……。ってことはまさか、あの検索履歴《けんさくりれき》も月乃が残したものだったのか！

ま、マジか……。本気で驚《おどろ》いたぞ……。鳥肌《とりはだ》が立ち、胸の奥がなんだか熱くなる……。

「えへへ……。どう？　初恋の人と再会を果たした感想は」

驚愕《きょうがく》のあまり完全に言葉を失った俺に、月乃が楽しそうな笑顔を向けた。

「ひょっとして、アタシのコトもっと好きになっちゃった？　何なら、付き合ってあげてもいいわよ？」

さらに彼女は、踏《ふ》み込んだことを言い出した。口調からして多分冗談《じょうだん》のつもりだろうが、その目にはほんの少しだけ期待の色も見える気がした。

でも……。

「お、俺は……。今の三姉妹たちが、この上ないほど好きなんだ。その気持ちは、何があ

って も変わらない……」

確かに俺は、ずっと初恋の人のことを密《ひそ》かに思い続けてきた。こうして再会できたことも、心の底から嬉しく思う。

しかし初恋の少女のことは、あくまで過去の話なんだ。三姉妹たちを好きになった今、昔の想いに縛《しば》られちゃいけない。

「そっか～。残念。せっかく雪姉たちを出し抜《ぬ》けるかと思ったのに」

すると月乃は、わざとらしい声で悔《くや》しがった。

次いで、明るい口調で言う。

「でも……ちょっと嬉しいかも」

「え……？」

「だって……。天真が今のアタシを好きになってくれたから」

瞬間《しゅんかん》、衝撃。

月乃がまるで飛び込むように、俺の胸に強く抱き着いてきた。

「天真……。本当にありがとう。それと、これからもよろしくねっ！」

腕《うで》を俺の背中に回して、ギュッと強く抱きしめる月乃。

「…………！」

温かく小さな彼女の体が、俺を求めてしがみつく。

愛情や信頼《しんらい》、安心感。

月乃の俺に対する思いが、その抱擁《ほうよう》から伝わってくるようだった。

──彼女の想いに、応えたい。

そんな気持ちに突《つ》き動かされて、自然に俺の体が動く。

そして俺も、何も言わずに月乃の体を抱き返した。

「はぁはぁ……天真ぁ……！　今すぐアタシとエッチして……？」

「いや、いい加減性癖《せいへき》は直せ──────！」

終

お便りはこちらまで

〒一〇二―八一七七
ファンタジア文庫編集部気付
浅岡旭（様）宛
アルデヒド（様）宛

富士見ファンタジア文庫

ちょっぴりえっちな三姉妹《さんしまい》でも、
お嫁《よめ》さんにしてくれますか？ 4

令和２年５月20日　初版発行

著者――浅岡《あさおか》 旭《あきら》

発行者――三坂泰二

発　行――株式会社KADOKAWA
〒102-8177
東京都千代田区富士見2-13-3
0570-002-301（ナビダイヤル）

印刷所――株式会社暁印刷

製本所――株式会社ビルディング・ブックセンター

ISBN978-4-04-073479-8 C0193　◇◇◇

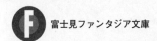

切り拓け！キミだけの王道
ファンタジア大賞
原稿募集中！
賞金
《大賞》300万円
《金賞》50万円
《銀賞》30万円
選考委員
細音啓 「キミと僕の最後の戦場、あるいは世界が始まる聖戦」
橘公司 「デート・ア・ライブ」
羊太郎 「ロクでなし魔術講師と禁忌教典《アカシックレコード》」
ファンタジア文庫編集長
前期締切 8月末日
後期締切 2月末日
公式サイトはこちら！ https://www.fantasiataisho.com/
イラスト／つなこ、猫鍋蒼、三嶋くろね